歌舞伎町の
終活屋
柾木政宗
Masamune Masaki
伝説のホストが
人生をお見送り
KODANSHA

プロローグ

パッと光って夜空を綺麗《きれい》に彩《いろど》り、ほんの一瞬だけ視線を集める。
そしてすぐに散っていく。気が付けば刹那《せつな》の輝きは終わっている。
「儚《はかな》いな、命は――」
知らず知らずにつぶやいていた。人の一生と花火を重ね合わせていた。
でも次の花火が上がるまで、空が真っ暗なわずかな時間。
胸を締め付けるせつなさに、なぜか俺たちは優しく癒《い》やされる。
それは人が永遠を求める証拠なのかもしれない。
傲慢《ごうまん》さの証明なのかもしれない。

一話　不謹慎な終活屋

1

終活屋《しゅうかつや》『エスペシア』は、歌舞伎町《かぶきちょう》を三丁目方面に歩いた、比較的落ち着いた場所にある。黒い外壁に鉄製の分厚いドア。その横には『Especia』と小さく看板を出している。エスペシアとはスペイン語で『スパイス』の意味となる。

周囲は静かだが、少し離れたところから都会の雑踏が聞こえるような気がして、俺は割とこの立地を好んでいた。一休みしたかったら新宿御苑《しんじゅくぎょえん》に行って昼寝もできるし、激ウマなカレーが食べられる『草枕《くさまくら》』も近い。

今は建物横の車庫に停《と》めている、車の掃除を終えたところだ。

青いランボルギーニウラカンのスパイダーは、エスペシア代表の水無月優斗《みなづきゆうと》の愛車だが、だんだんと社用車になりつつある。優斗は運転がからっきしなのだ。

ということで持ち主の優斗は助手席に座ることが多いため、助手席の足下にはクーラーボックスが置いてある。優斗の好物であるアイスクリームを入れるためのものだった。

俺としてはウラカンの流れるようなラインとボディのメタリックブルーが気に入っているので、運転できてありがたい。オープンカーならではの開放感も心地よい。たまには優斗も掃除してくれと思うが……。こういう雑務はだいたいたい俺の仕事だ。

——にゃーお。

鳴き声がしたので車の下を覗《のぞ》き込《こ》む。いつものようにコスケがいた。少し前から現れるようになった野良の黒猫で、女性を見つけるとすり寄ってはかわいがられているので、すけこましという意味でコスケと名付けた。たまに車内で寝ていることもあり、今やこの車の持ち主はこいつなのかもしれない。

手招きするが、これまたいつものように無視された。ふにゃあとあくびをしている。俺が男だからだろうか。

諦《あきら》めて俺は立ち上がった。

——そういえば、そろそろ約束の時間だな。

ふと目を上げると、上品な装いに身を包んだ老齢の女性が、エスペシアの前に不安げな表情で立っていた。

「いらっしゃいませ」

俺が声をかけると、女性は「ここがエスペシアさん？」と不安そうな表情をした。そして事務所外の看板を確認する。

「そうです。お待ちしておりました、光岡貞江《みつおかさだえ》様。ようこそ——終活屋エスペシアへ」

俺は貞江が手に持った鞄《かばん》を手に取ると、「中へご案内します」と、入り口の黒いドアを開けた。

「ようこそいらっしゃいました」

そこには優斗がお辞儀をして待っていた。

顔を上げると、宝石のように大きな目が輝き、柔らかな茶色のマッシュヘアが一瞬ふわっと浮き上がる。陶器のような白い肌は照明によるマジックではなく本来のものだ。

「どうぞ中へ」

優斗は人なつっこい笑みを浮かべ、貞江をさらに中へと案内した。

エスペシア店内は深海をイメージして、青や黒を基調としたデザインとなっている。閉店したホストクラブを居抜きで使っているものだ。前経営者は夜逃げ同然で姿を消しており、残った備品ごと格安で買い取った。二人で使うには広すぎるが、狭すぎるよりは心地いい。

困惑気味な様子の貞江に、ソファに座ってもらった。初回にやってくる客はいつもこのような反応だった。テーブルの上にあるドルフィン型の飾りボトルに刺さった、青いバラに目をやっている。優斗がそのバラを指でなぞった。

「青いバラの花言葉って知っていますか？『夢を叶《かな》える』です——お飲み物、何がいいですか？　アルコールはもちろん、お茶でも何でも」

「それじゃあお茶をいただこうかしら」

「承知いたしました。ちょうどいただきもののカネ十煎茶《せんちゃ》があります。それを淹《い》れましょうか」

「そんな本格的なの用意してるの？　まさか急須《きゅうす》で淹れる？」

「当然ですよ。翔《しょう》さん、お願いしていいですか？」

「わかった。お客様、少々お待ちを」

俺はキッチンへ下がり、急須と湯飲みを準備して持って席へ戻った。

優斗はそれを手に取り、上手にお茶を注いでいく。貞江はそれを驚いた様子で見つめている。

「私、お茶の心得あるからわかるけど、あなた、ちゃんと学んでるのね」

「独学ですけどね。そう言ってもらえるとテンション上がるな——できました」

貞江の前にお茶を出すと、優斗が立ち上がり「ご挨拶《あいさつ》が遅れました」と頭を下げる。

「このたびはご依頼ありがとうございます。終活屋エスペシア、代表の水無月優斗です」

続いて俺も立ち上がり、「副代表の真嶋《まじま》翔です」と頭を下げた。

俺の身長が百九十センチあるので、二人で並ぶと優斗は小さく見られがちだが、優斗も百七十五センチあるので決して小柄《こがら》ではない。二人ともホスト時代の源氏名をそのまま使っている。

「今日はどのような依頼で？」

するとと貞江はお茶をすすりながら、

「あの、初めに終活屋ってどういうお仕事なのか知りたくて。私、病院で仲のいい方からこれをもらい——」

貞江は鞄の中から名刺を取りだした。

『終活屋　エスペシア　代表　水無月優斗』

と書かれている。漆黒の台紙に金箔《きんぱく》押しで文字が書かれた名刺で、ホストやキャバ嬢御用達の名刺業者に特注しているものだ。

「病院の待合室でこれを配っていたとか——」

優斗と俺は病院の入り口や待合室で名刺を配ることがある。それの成果が出たようだ。

俺たちは元々、歌舞伎町にあるホストクラブ『アマルガ』でホストをしていた。アマルガとはスペイン語で『苦み』を意味するらしい。優斗より俺のほうが一年先輩となる。

ホストをするような俺たちだ、見知らぬ人に声をかけるのはお手のものだ。特に優斗はその無邪気な笑顔で無視されることはほとんどない。まあ病院から追い出されたことは幾度となくあるが。

「オレたちの商売は、年配の方がお客様となるケースが多いので」

貞江は眉《まゆ》をひそめる。

「でも不謹慎だと思わないの？　病人に付け入るような――」

「付け入る、か。そういわれたら、付け入ってますとしかいえないな。でもオレたちは終活屋なので、さっさと付け入らないとタイミング逃しちゃいます。不謹慎だろうと嫌われようと、依頼人の願いが叶うなら全然いいです」

優斗は貞江が差し出したエスペシアの名刺を取ると、ピンと弾《はじ》いてみせた。

「心残りはないほうがいい。だからあなたも、この怪しい名刺を頼ってきたんでしょ？」

「――そうかもね」

「オレたちは、依頼人の心残りを解消するお仕事をしています。あっ、ちなみに遺産整理や遺言とか、通常の意味でいう終活についても、取引のある弁護士やファイナンシャルプランナーを紹介できますよ。そういう一般的な終活以外にまだ残っている希望を叶えるのが、オレたちの仕事です。死ぬ準備ができたら後ははっちゃけようぜ、的な」

にかっと歯を見せる優斗に、貞江は呆《あき》れたように苦笑した。

「なるほどね。あなたたち元々ホストだそうだけど、やってることは似てるわね」

「はい。ホストクラブの売り掛けとかよく問題になるけど、うちは売り掛けからのばっくれもありだよ。その代わり——死んでもらうけどね」

突然物騒《ぶっそう》な言葉を投げられ困惑する貞江に、「意味わかる？」と優斗は顔をほころばせた。

「満足して死んでもらうよ。心残りのないように」

貞江は「そういうことね」と笑みを浮かべた。

「ありがとう、あなたたちのお仕事についても理解したわ。それなら私がここに来たということは——わかるわね？　胃がんのステージ４で余命も告げられていて、私はもう長くない。それまでにやっておきたいことがあるわ」

俺が気遣《きづか》うようにいう。

「お越しいただいて大丈夫でした？　こちらから出向いたのに」

「ありがとう。でもまだ動けないわけじゃないし。今の私にはただの外出もすごく楽しくてうれしいことなのよ。よかった私、まだ出かけられるんだって自信もつくし」

貞江は目を細めた。こうして死を控《ひか》えた人の価値観には、ハッとさせられることも多い。

「私は化粧品会社を経営しているのですが」

俺が「存じております。『ドゥルセ』の社長さんですね」と伝えると、貞江は「知ってくれているのね」と目を丸くした。

三十代以上をターゲットとした、落ち着いた雰囲気のブランドだ。ホストをしていたら自然と詳しくなった。プレゼントで贈ったこともあるし、同伴やアフターで日本橋髙島屋《にほんばしたかしまや》や新宿《しんじゅく》伊勢丹《いせたん》に付き合ったことも数知れない。

「二人子どもがいるんだけど、情けないことに不仲でね。私が死ぬ前に二人の仲を戻してほしいの。何言っても聞かなくて」

貞江は悲しげに目を伏せた。

2

「仲が悪いのは長男の誠一郎《せいいちろう》と長女の千恵《ちえ》で、二人の間にはもう一人武司《たけし》っていう息子がいたの。十年前に交通事故で亡くなっているんだけど——もう十年も経《た》つのね」

貞江は目を細めて宙を見た。

「決定的に仲違《なかたが》いをしたのは武司の葬儀のときよ。誠一郎は昔から仕事人間でね。武司が亡くなったときも海外にいたの。連絡したけどすぐに戻ってこれる状況ではなかったみたいで、結局帰ってこれたのは葬儀が終わってからだった。誠一郎が忙しいのは知っていたから、葬式の段取りなんかは私が受け持ったんだけど、やはり息子に先立たれるのは相当応《こた》えてね、葬式後に倒れちゃったの。それを見た千恵が誠一郎に、お兄ちゃんが死んだのに仕事のほうが大事なのかって怒ってね」

「千恵さんも当時働いていたんですか？」と、優斗が尋《たず》ねる。

「いいえ、まだ高校生だったたわ。式の手伝いも頑張ってくれた。でもまだ誠一郎には誠一郎の事情があることは理解できなかったみたいね。それから二人はずっと疎遠よ」

「率直にいって、遺産とかそういうところに不仲の原因があるとは？」

貞江は力なく笑い、首を横に振った。

「それはないわ。遺産は残さないと、以前から何度も伝えています。そうはいっても、困っていると助けてしまうのが親だけど」

「二人は病気のことは？」

「まだ知らないわ。何か言い出せなくてね」

「どうせ死ぬんだよ、早く伝えたほうがいいんじゃないの？」

優斗の物言いはいつも相手を唖然《あぜん》とさせる。貞江は一瞬硬直したが、「はっきり言うわね」と苦笑した。

「でも事実だから。意地や思い込みで話を止めている時間はないです」

「そうね、でもなかなかね……。いろいろ考えるのよ。私が死ぬって伝えても、意外にあっさり受け入れられたら嫌だなとか」

「そんなわけないよ。親のことだよ」

優斗は強く言い切った。まるでそうであってほしいかのように。

「そうだといいけど。昔は兄妹《きょうだい》仲良かったのにね。早くに旦那《だんな》が亡くなって、それからは仕事に捧《ささ》げた人生だったわ。知ってる？　多くの会社経営者が、家族と過ごす時間を持たなかったことを後悔して死んでいくんだって。私もそうなったわ。でもせめて最後は、子どもたちの仲いいところを見て逝きたいわ——見て、これ」

貞江は鞄から一枚の写真を取り出した。

少し色あせていて、写りもあまりよくない。写真の真ん中では、四人が泣きながら抱き合っている。一人だけ背が大きいのは、若き日の貞江だろう。残りの三人、男の子二人に女の子一人は誠一郎と武司と千恵だろうが、貞江が三人を包み込むようにして抱き締めている。背後にはブラウン管テレビにちゃぶ台があり、昔の風景のようだ。

「これ何の写真だと思う？」

「状況がまったくわからない……何ですかこれ？　翔さんはわかる？」

優斗は俺に答えを求めた。

「うれし泣きとか、か？　誰かがテストで百点取ったとか」

貞江はおかしそうに口に手を当てた。

「何それ。でも誰かがテストで百点取ってこんなに喜び合えるなら、それはとても素敵な家族ね。実はこの写真……テレビでみんなで『火垂《ほた》るの墓《はか》』を見終わった後なの」

「は？　あのサクマ式ドロップスの？」

優斗が目を丸くする。サクマ式ドロップスの火垂るの墓はおかしい。だがそれで通じるほどに、戦時下の兄妹の悲しい別れを描いたあの作品で、サクマ式ドロップスは大きな役割を果たしている。

「そうよ。映画を見終わった後、千恵が『お父さんとお母さんと大お兄ちゃんと小お兄ちゃんとバイバイやだよー』って泣き出したの。そうしたら誠一郎と武司も泣き出して、それを見て私も泣けてきて。それで三人が私に飛び込んできて、『バイバイやだ』ってみんなで言い合っている写真なの」

「いいエピソードですね」と優斗が再度、まじまじと写真を見つめる。

「でしょ？　あれからしばらく千恵が大変だったわ。ちょっと私が洗濯もの干したりトイレに行ったりするだけで、『お母さんがいない』って大泣きするんだから」

そんな在りし日の家族の何気ないワンシーンが、色あせた写真に刻まれている。

「昔の写真だけどね――」と、貞江はやるせなさそうな表情を見せた。

「この写真を撮った旦那はこの五年後に亡くなり、私が会社を引き継ぎ人生ががらりと変わった。武司も十年前に亡くなった。そして今、私もいなくなろうとしている――こうして家族って少しずつ消えていくのね」

「思い出は消えないよ」と、優斗はおちゃらける。

「先立つのと見送るのどっちが楽かなんてわからないけど、先立つほうになったなら、残った二人には仲良くしていてほしいわ。だからこうしてここに来ました」

「オッケーです」と、優斗は親指を上げた。

「わからずやのお子ちゃまたちにわからせてやろうか。貞江さん、あんたには余計なことをしている時間はない。悩んだり落ち込んだりする時間が糧《かて》になる未来は来ないんだから」

「本当にずけずけというわね」

「ずけずけと、でも何とかするのがオレらだよ」

優斗は貞江に向けて、親指を上げてウインクした。

「病気のことを伝えていない以上、終活屋とは名乗れない。そこにオレがいきなり現れても、誠一郎さんも千恵さんも言うこと聞かないだろうな。だったら――よし」

何かひらめいたらしい。いたずらをするような顔で俺のほうを向く。

「貞江さんの家、どうせ豪邸でしょ？　一応翔さんも、忍び込んでもらおうかな。翔さんは潜入捜査、そしてオレは囮《おとり》捜査かな――よし、いっちょやってやりましょう！」

優斗は前に拳《こぶし》を突き出した。いつものやつだ。

「貞江さんもこうやってください」

そう教えつつ、俺も同じように拳を作って、優斗のそれに突き合わせる。いわゆるグータッチだ。これはアマルガ時代、開店前にキャスト同時でやっていた気合入れだ。

貞江も同様にして三人で拳を合わせた。微笑《ほほえ》み合うと、優斗が明るく、でもどこか挑発的にいった。

「人はどうせ死ぬんだ、だったらマジのハッピーエンドかまそーぜ」

3

そして後日。俺はキッチンにある裏口から外に出ると、こっそり電話をしていた。ポロシャツにジーンズという普段あまりしないファッションのためか、やけにそわそわする。

庭も含めたら何平米あるのだろう。都心から外れたところにある平屋の大邸宅だった。

「お世話になっております。大東《おおひがし》です。ご依頼の品、期日までにお届けいたします」

「そんな堅苦しい返事しなくていいって。大東、いつもありがとな」

「恐れ入ります、よろしくお願いいたします」

エスペシアで依頼人に渡す青いバラは、いつも懇意の花屋に注文している。そこの花屋の従業員である大東との電話を終えると、スマホをポケットにしまった。

大東は元ホストで俺の後輩だったが、深夜の大量飲酒により激太りしてしまい、スーツが入らなくなって辞めた。末期は広い肩幅と膨《ふく》れた腹から、『用心棒の大東』と不名誉な通り名を付けられていた。

お祝い事の多いホストクラブは花屋にお世話になることが多いが、大東はそのつてでアマルガに出入りしていた花屋で働いている。ビジネス的な言葉遣いが苦手なようで、いつも口調が堅苦しい。

こんな風に、エスペシア経営の裏方仕事は全《すべ》て俺の役目だ。ホスト時代の人脈が意外に役に立っていて、優斗の無理な願いも通しやすい。

だが今の俺は、悠長にスマホをいじっていい立場ではない。ポケットにしまい、再びキッチン清掃に勤《いそ》しむ。

クレンザーを使ってシンクを磨《みが》く。きれいに円を描くように磨くのがコツなのもホストの若手時代に習った。何もできないぺーぺーだった俺が、それなりに礼儀や生活の知恵を身に付けたのはホスト時代のおかげだ。もっともそのせいで、エスペシアの事務所掃除もほぼワンマンでやっているのだが。

俺は光岡家の手伝いとして入り込んでいた。貞江の知り合いの息子の社会勉強という名目だが、三十過ぎの社会勉強はなかなか無理がある。そこまでするか、と思ったが最善を尽くすためだ。

もうすぐ優斗もここにやってくるはずだった——華々しく登場するために。

今日は貞江に呼ばれ、誠一郎も来ていた。誠一郎は家族と一緒に千葉で暮らしているが、大事な話があると一人だけ呼ばれたらしい。俺と同じくらいの身長だが、ラグビーをやっていたらしく体つきは俺の何倍もがっちりしている。

貞江と誠一郎ほどの年齢になると、いきなり呼ばれたら悪い話ではないかと疑うだろう。豪勢な居間のソファに座る誠一郎は、どこか落ち着かない様子だった。

そこに千恵が入ってくる。誠一郎とは違い、色白で華奢《きゃしゃ》な体つきをしていた。

一瞬誠一郎と目を合わせるが、何も喋《しゃべ》らずに千恵は離れたソファに座った。

千恵は数年前からこの家に住んでいる。社内恋愛に失敗して、勤めていた会社を退職してからは無職だそうだ。ただ新しい働き先を見つける気があるようにみえず、貞江は心配していた。

居間に俺がいるのを見ると、千恵は少し顔を明るくした。

「真嶋さん。今日も来てたんだ」

「はい、今週は毎日出勤予定です」

「この前言ってたご飯屋さん、いつ行くの？　早く行きたいな」

先日の仕事終わり、話の流れでこんなことになってしまった。ホスト時代の会話術が自然と出てしまったらしい。今さらこんなスキルはいらないのだが、これが終活屋としての仕事に役立ったりするから、まああってもいいのかなとは思う。

誠一郎が小さく舌打ちをして、スマートフォンに目を向けた。

千恵は誠一郎などいないかのように、俺を誘ってくる。

俺も困った顔をして、うまく誘いをかわしていく。

4

そのとき、居間に入ってきた影があった。

「あれ、お母さん……と？」

千恵が目を丸くする。貞江の手を取って入室する男がいたからだった。

「どうもでーす。貞江さんとお付き合いさせてもらってます、水無月優斗です」

ワインレッドのスーツにプラダのボストンサングラス。とびきりのチャラさで登場だ。

さりげなく振り向いて、すぐに視線を戻した。俺たちが顔見知りであることはバレてはいけない。

「お付き合い？　馬鹿《ばか》な……」

困惑する誠一郎の目を、貞江はまっすぐに見つめた。

「水無月さんはパーティーで知り合った方で、いろいろ仕事の相談もさせてもらっているの。こう見えて根は真面目《まじめ》な人だから、母さんのことは心配しないで」

イエーイと、優斗は二人にピースサインを向ける。

誠一郎がバッと立ち上がり、優斗に指を向ける。

「急にそんな……。おいお前、どういうつもりだ。母さんの財産目当てか？」

「待ってください、お兄さん。僕は貞江さんの素敵な人柄に触れて恋をしたのです」

「誰がお兄さんだ」

「誠一郎、水無月さんのいっていることは本当よ。ゆくゆくは会社も手伝ってもらおうと思っている」

「そんなこと、従業員や株主が許すわけ――」

啞然としていた千恵が口を開いた。

「母さん、本当に話ってこのことなの？」

「そうよ。ちょうど水無月さんが来れるというから、二人にも紹介しようと思って。隠し事をするのも嫌だしね」

貞江の瞳《ひとみ》にわずかに影が差す。病気を隠している自分に罪悪感を覚えたのだろう。

ここでの優斗の目的は、貞江の恋人として現れることにより、間接的に貞江の孤独を二人に知らしめようとすることだった。兄妹二人とも、不仲であることは引け目に感じているらしい。

「誠一郎さん、千恵さん。ここで会ったのも何かのご縁です。よかったらみなさんとも仲を深めたいです。今度一席設けさせてください」

突然誠一郎が走り寄り、優斗につかみかかる。

「お前が母さんをそそのかしたんだろ」

「やめなさい、誠一郎。違うわ。私が私の意志で決めたのよ」

「そそのかされたやつは誰だってそういうよ。ふざけるなよ、お前」

誠一郎が優斗に手を突き出す。ドスンと音がして、「いてて」と優斗は床に倒れ込んだ。サングラスが外れて落ちた。

「大丈夫？」と、貞江はまず優斗に駆け寄る。ショックを受けたのか、千恵はその様を目を丸くして見つめていた。

「いてて、へへっ」

優斗は挑発的な笑みを向ける。

「ゆっくり話せたらと思ったけど難しそうだな。また出直してきます。でもこれだけは言わせてください。僕は貞江さんを愛していますからね。貞江さん、歩けますか？」

優斗は貞江の手を取り、部屋から出ていった。

二人が出ていった後、兄妹は呆然《ぼうぜん》としていた。だが事態の深刻さからか、自然と会話を始めた。

「何を考えているんだ、母さんは。あんなどこの馬の骨ともわからないやつを」

「愛想《あいそ》尽かされたんじゃない。私たち」と、千恵がぼそっとつぶやく。

「寂《さび》しかったんじゃないの。誰にも相手にされなくて。たいしてここに顔も出さないし」

「俺が悪いというのか？　いい年してニートのお前が心配かけたせいだろ」

千恵はキッとにらみ付ける。

「関係ない。あなたのせいで、どれだけ母さんが寂しい思いをしたかわかってるの？」

「それ一辺倒で責任押し付けんなよ。働きもしないでだらだらしやがって」

千恵は何もいわずにテーブルの上のかごを誠一郎に投げつけ、居間から出ていった。

「おい、あんたは何も知らないのか」と、一人残った誠一郎に尋ねられる。

「いや、私は何も」

「そうか、仕方ない。探偵に調べさせるか……。女性に対してあの慣れた手つき、結婚詐欺《さぎ》を繰り返している可能性がある」

それはマズいな。こっそりと俺は唇《くちびる》を噛《か》んだ。

「それからお前も千恵に変な気起こすなよ。あいつ、男関係で会社辞めたらしいからな」

そこは気になるらしい。妹を気にかける不器用な兄の姿がそこにあった。

考え込む誠一郎に一礼すると、俺は部屋を後にした。


外で落ち合う約束だったためこっそり出ると、すでに優斗と貞江、そして貞江の側近の若井《わかい》という男がいた。

優斗はしゃがみ込みアイスクリームをぺろぺろなめていた。「うまー」と悶絶《もんぜつ》している。隙《すき》があればこうしてアイスを食べている。

俺はさっきの誠一郎の言葉を三人に告げた。

「誠一郎さん、お前のことを探偵に調べさせようとしている」

「マジか。ホスト時代のことはともかく、終活屋がバレたらまずいな。貞江さんはまだ病気のことを二人に伝えていない」

だが貞江は「心配ないわ」と苦笑した。

「どうせ私の会社が懇意にしている探偵に頼むから、引き受けないように伝えておく。それにしても二人そろって我《わ》が儘《まま》ばかりね、人前で恥ずかしいわ」

困った表情から、心配がにじみ出ていた。

貞江の側近として長年勤めている若井には、全てを話しておくことにした。綺麗になでつけた白髪が、几帳面《きちょうめん》さと長年の忠誠心を端的に表現している。

「若井には病気のことは伝えています。若井、水無月さんがいきなり出てきて驚いただろうけど、こういうことなの。最後までよろしくね」

貞江に背中を叩《たた》かれた若井は、「そんなこと言わないでください」と複雑そうな表情を浮かべた。

優斗が若井にも、今回の計画の詳細を説明する。

聞き終わった若井は目を閉じて、反芻《はんすう》するように何度も頷《うなず》き、やがて「──私は反対です」と、ためらいがちにいった。

「誠一郎さんも千恵さんも、社長を想《おも》う気持ちは変わらないはずです。騙《だま》すようなことはよくないのでは……。大勢の方に迷惑をかけますし」

しかし優斗は「あの兄妹、頑固だからこれぐらいしないと効果ないよ」と息を吐《は》いた。

「オレは貞江さんの願いのためなら、他《ほか》のやつらの気持ちなんて平気で踏みにじるよ。他のやつらには、気持ちを考え直す時間やオレに恨みを募《つの》らせる時間はいくらでもあるからね。若井さんも例外じゃないよ」

貞江は若井に頭を下げる。

「若井、お願い。あなたの協力が必要なの。水無月さんに遺産が相続されるとほのめかせば、あの子たちも少なからず考えを改めるわ」

「社長がそういうのなら、わかりました。でもつらいですよ」

肩を落とす若井に、「何がよ?」と貞江が尋ねる。

「社長がお亡くなりになる前提で、話を進めなければならないことです。まだまだお元気に見えますので」

優斗が一語一語丁寧に伝えた。

「終活を始めるタイミングってさ、遅すぎることはあっても早すぎることはないんだ。始め出したそのときがベストで、他人がどうこう決めることじゃない。貞江さんは今始めることを決めた。終わりが近いとか関係ない。貞江さんの希望、叶えてあげないか」

若井は覚悟を決めたらしい。

「わかりました。社長、どうかご無理はなさらず。まだ生きられますよ」

「もちろんよ」と貞江は元気よく答える。

「終活依頼しておいて、だらだら生き続けている依頼者もいるぜ。あんたがそうだったらいいな」

おどけてみせる優斗に、「だらだらか、いいわね」と、貞江は目を細めた。

貞江と若井と別れた後、俺は優斗に告げた。

「優斗、さっき倒れたときに左手首をひねっただろ。大丈夫か?」

「えっ、何でわかるの? やっちゃったよ」

優斗は左手首をぶらぶら動かした。

「やけに右手ばかり使うと思ってな」

長年一緒にいると、ちょっとした変化に気付くようになるものだ。

「怪我《けが》させられちゃったら、せっかくのオレのヒールっぷりがぼやけるからね。これぐらいいしたことないし」

「念のため、須戸内《すとうち》さんに見てもらうか」

「おっ、それいいね。最近会いに行ってなかったし。また怒られるぞー」

優斗はイヒヒと、おかしそうに笑った。

5

「小僧どもー、いい年して馬鹿やってんじゃねーよ」

須戸内さんは呆れた様子で、優斗の手首を見ていた。

長い髪を後ろで結び白衣を着た須戸内さんは、相変わらず一見女性と見間違うような美貌《びぼう》で、言葉遣いが荒いのも変わらない。

俺と優斗は須戸内さんのクリニックに来ていた。格安イメクラみたいに貧弱な内装は、院長の腕の良さにもかかわらずこのクリニックへの印象を格段に悪くしていた。須戸内さんはそんなこと気にしないだろうが。

湿布を手首に当てられた優斗が、「痛い、動かさないで！」と声を上げる。

「ピーピー騒ぐな。優斗に翔、お前らは顔面整いすぎだから、今度は顔をボコボコにされてこい」

それをいうなら、須戸内さんだってそうだろ。

須戸内郷《ごう》さんはアマルガ時代のホストの先輩で、当時は医大に通いながらホストのバイトをしていた。若かった俺は反発することもあったものの、この人から学んだことも多い。今は歌舞伎町で須戸内クリニックを開業しているが、わけあり患者や飲みすぎのホストなど、どうしようもない患者の面倒も見ている。

白い肌は皺《しわ》がなく、ホストをしていたのはだいぶ前だが全く変わっていない。当時から非現実めいたルックスは有名で、『不老不死の須戸内』の通り名があった。

「優斗。お前はトリッキーな手口に慢心して突っ走りすぎるのが玉に瑕《きず》だ。気を付けろ」

「はい……」と、優斗は肩をすくめる。

「あと翔。お前は酒飲みすぎだから酒控えろ。前もいったよな？　いうこと聞かないと怪我することになるぞ、俺のかわいがりでな」

「こえー」と、優斗がおどけて身体《からだ》を震わせる。

「マジだからな。わかってるよな？　もうホストじゃないんだぞ」

須戸内さんの吸い込まれるような目に、一瞬背筋が凍《こお》った。この人、本当に不老不死じゃないのか？

そのとき、机の上の電話が鳴った。「はい須戸内――ん？　急性アル中とＯＤ？　ガキどもが馬鹿やってんな。さっさとつれてこい。おい終活屋、忙しいから帰れ」

追いやるように手を振られて、俺たちは帰された。

こう見えて優しくて熱い人なのを知っているから、どんな邪険にされても俺たちは笑っていられる。

6

その日は貞江に優斗、俺の三人で銀座《ぎんざ》の街を歩いた。

「素敵な人形がたくさんあったわ。あなたたち、いろいろなところ知っているのね。素晴らしいわ」

「ありがとうございます。お客様に合わせるお仕事を続けているので」

貞江からのお褒めの言葉に俺は頭を下げる。「他にも行きたいところあったら教えてねー」と、優斗は満面に笑みを浮かべる。

知り合いの人形師がギャラリーで個展を開いていたので、三人で見に行った。元ホストの俺たちは当然、お客様の趣味嗜好《しこう》に合わせたお出かけプランを立てるのを得意とする。マダム・タッソーばりのリアルな造形に、虚実や生死の境を曖昧《あいまい》に溶かされるような、不思議な空間だった。

かつてはよくお客様と歩いたものだが、久しぶりの銀座だ。土地勘もずいぶんなくなった気がする。

日が沈みかけてネオンがきらめき出す。けばけばしい歌舞伎町のネオンとは違う、上品で柔らかい街の光だ。

「あれ、アマルガの水無月優斗と真嶋翔じゃん」

すれ違った派手な女性二人組に声をかけられた。俺が「どうも」と会釈すると、優斗は「いぇーい」とピースしてみせた。

「二人同伴？　すごいね」と、二人は目を丸くして歩いていった。

「あなたたち、有名人なのね」と、貞江もまた驚いた様子を見せる。

「まあ、昔の話ですよ」と適当に答えた。今はもうホストではない。

「昔……か」と、貞江は景色を噛みしめるように、街を見回した。

「以前はよく歩いたわ。だいぶ閉店したり代替わりもしたみたいだけど、あちこちの店の店主さんも元気かしら。あっという間だったわね――あなたたちが携わっていたホストの世界って虚飾とはいうけど、この世なんて何でもそんなもんよ」

「またそんな死ぬ人みたいな言い方して。貞江さん、せっかく来たから服買っていく？」

優斗がショーウィンドウに目を向ける。

「もう長く着れないからいいわよ。毎日ベッドの上になりそうだし」

「いいじゃん。ちょうど身体のサイズもあるしさ」

「これね」と、貞江は検査報告書を手に取った。病状や身体のデータが載っている。

「検査報告書渡してこれにあった服がほしいだなんて、びっくりさせちゃうわよ」

「そうだ、オレ買ってあげるよ。見たいな、貞江さんがあれ着ているところ。きっと綺麗だろうな」

優斗はショーウィンドウのマネキンが着ている、カシミヤのブルーニットを指差す。

「本当おだてるのが上手ね。何人惚《ほ》れさせてきたの？」

「わかんない。オレが惚れてばかりだったから。『みんな好きの水無月』です！」

優斗はおちゃらけて敬礼した。

「何よそれ。真嶋さん、この子いつもこんな感じだったの？」

「ええ。こんなやつですがナンバーワンでした」

「すげーだろ。伝説のホストなんだよ」と、優斗は胸を張ってみせる。

いろいろなタイプのホストを見てきたが、優斗ほど規格外なホストはいなかった。自分はほぼ飲酒しないのに、お客様はどんどんボトルを空けていく。ドンペリを飲むお客様の横でアイスクリームをなめるホストなんて、優斗以外にいない。同伴もアフターも一切していなかったはずだ。伝説といわれるのも納得だった。

——水無月優斗が動けば歌舞伎町が動く。

そんな決まり文句さえあった。

アマルガでは売り掛け禁止となっていた。しかし売り上げのためにホスト自身のポケットマネーからお客様に金を貸し、後でそれを返済させるというケースが発生しただけで、あまり意味はなかったように思う。店も多少は目をつむっていた。

そんな風に普通のホスト——もちろん俺もそこに含まれる——なら多少無理に金を使わせるところ、優斗は絶対にそんなことをしなかった。それでも抜群の売り上げを誇った。

「ホストクラブ、一回だけ知り合いの社長につれてかれたことがあったけど、楽しかったわ。死ぬ前に遊び倒して、財産使い果たしちゃうのもありね」

「死ななかったら大目玉だぜ」と、優斗は笑みをこぼした。

「あれ、前はどうせ死ぬんだとかいっていたじゃない」

「死って気まぐれでね、だから『かもしれない』運転でふらふら対峙《たいじ》するしかないんだ。やってやるぜ」

「本当あなたは人を元気にさせるわね。さすがナンバーワンだわ」

「ただオレは、オレの目にたくさんの笑顔を映したいだけさ。それは今も変わらないよ」

「そう思ってそれを実現できているなら、すごい才能よ」

貞江は相好を崩した。

「私、いつ死んでもいいと思ってたけど、いざとなると全然ダメね。本当は怖いのに、強がりばかりうまくなっていく」

優斗は少しだけ真面目な顔になった。

「オレも自分がわかっているつもりなだけだということは、絶対に忘れないようにしている」

「向田邦子《むこうだくにこ》さんの『霊長類《れいちょうるい》ヒト科動物図鑑《かどうぶつずかん》』ってエッセイ集知ってる?」

「何それ?」

優斗は知らないようだが、俺は知っていた。

「『ヒコーキ』が掲載されている本ですよね。あの有名な」

「すげー。翔さん読書家だもんな」

たいした読書量ではない。読まない人からしたらそう見えるだけだ。

「それよ。私、あの本を手に取ったときのことを覚えているの。飛行機事故で亡くなった向田さんが、まさか自分がそうなるとも知らず飛行機事故について思いを巡らす『ヒコーキ』というエッセイが掲載されていて、そのことが裏表紙の紹介文にあるの。それで興味を持って手に取った。でもいざ自分にお迎えが来る立場になったら、その紹介文に腹が立ってね。向田さんはそんな皮肉な演出のために亡くなったんじゃないって。後から俯瞰《ふかん》しているような紹介文が、何だか他人事《ひとごと》みたいでね」

覚えていないが、俺も同じ理由で手に取ったかもしれない。

結局、人は死という概念に不自然なほどの好奇心を抱く。子どもが理由もなく虫を殺す心理は、その後も続いているのだろうか。

「その紹介文で興味を持ったくせに、わがままなものよね」と貞江は目尻《めじり》に皺を寄せる。

「それで、そう考えた自分は、死を受け入れていないなって思ったの。そしてたぶん、強がるのがうまくなるだけで最後まで受け入れられないんだなって悟った。死なんて誰にも来るのに、我《わ》が儘《まま》よね」

「別にいいよ。全員我が儘になるんだから」という優斗の言葉に微笑むと、貞江は夜の銀座に目を向けた。

「こうしている間にも残りの時間は減っていくのね」

「みんなそうだよ。あいつもこいつも」

そういって優斗は街を歩く人をこっそり指差していく。それから「そしてオレも、翔さんも」と、おどけた顔付きで自分と俺を指差した。

貞江は呆れたように自嘲《じちょう》した。

「私って嫌なやつね。今それを聞いて励《はげ》まされた。自分だけじゃないって気持ちになった」

「でしょ？　その気持ちもまた、みんな一緒さ」

「あなたの心を軽くできたなら、俺の命のタイマーも報《むく》われるってものです」

俺もそう伝えておいた。報われようが報われまいがどうでもよくても。

目を細めた貞江は、俺たちを交互に見つめた。

「誠一郎は仕事が忙しいし、千恵は明日から友達と旅行だって。二人とも残りの時間なんて考えもしないでしょうね。例えばその間に――」

優斗は静かに頷いた。


それからまた数日後。

もう営業を始める時間だというのに、優斗はＶＩＰルームでシャワーを浴びている。ここで営業していたホストクラブのＶＩＰルームにはジェットバスが付いていたため、そこをシャワールームとしてそのまま使っているのだ。もちろん優斗と俺しか使わないのでスタッフ用である。

ただ俺は自分の家でシャワーを浴びてくることが多い。スエット姿にぼさぼさの髪という、だらしない格好でエスペシアにやってくる優斗が使うことの方が多い。優斗はホスト時代からそんな感じで、今も昔も勤務時間外は、ただの眠そうな童顔の青年だ。

――テーブルに置いたスマホが鳴った。

「お電話ありがとうございます。エスペシアです――」

電話口から告げられた言葉に、俺は一瞬眉根を寄せた。

「承知しました。早いですね――」と告げて通話を切る。

そこに奥から優斗が戻ってきた。

「いやー気持ちいいねー。せっかく広いんだから翔さんも一緒に入ろうよ」

パンツいっちょで頭を拭《ふ》いている。

「毎回いってるだろ。お客様が来たらどうするんだ」

「戻ってセットしてからまた来るってば」

「そういう問題じゃない。だったら今すぐセットしてこい。出発するぞ」

「えー、何で？」

髪を拭く優斗の手が止まり、キョトンとした表情でこちらを向いていた。

7

曇り空がしめやかな雰囲気にさらにもの悲しさを誘う。巨大な家屋は鯨幕で装いを変えていた。

貞江の家は急な葬儀の準備で大忙しだった。

喪服を身に纏《まと》った優斗と俺は、受付で名乗った。思ったより到着が遅れてしまった。

俺たちは終活屋だ。いくら代用できるとはいえ、普段着用しているブラックスーツを喪服代わりにするような真似《まね》はしない。しかし優斗の喪服が事務所になく、優斗の家に取りに行っていたのだ。

葬儀は近親者のみの参列となっていた。会社社長を務める貞江だ、交友関係を呼んだら尋常じゃない人数を呼ぶことになってしまう。

立場が立場だけに不安だったが、問題なく入ることができた。ちゃんと俺たちも参列者に入れてくれたらしい。

会場に入ると、すでに何人かは着席していた。

広間には花が並び、真ん中に遺影が飾られていて、貞江が優しく微笑んでいる。

突然の出来事に、泣き崩れているものもいた。

優斗は遺影を一瞥《いちべつ》すると、前にある棺《ひつぎ》に近寄った。

棺の窓から覗かせたその顔は安らかに眠っているようで、普段の貞江と何ら変わりはなかった。しかし棺は釘《くぎ》打ちされることで棺の中と外を厳しく分断しており、それがもの悲しさを誘う。

優斗は「びっくりだね」とその顔を見ると、後ろのほうの席に向かった。俺もその後に続く。

「どういうことだ！」

大声とともに誠一郎が入ってきた。

興奮した様子だったが、遺影と棺を見て脱力したように目を細める。

「こんな急に……」と、うなだれる誠一郎だったが、優斗の姿を見つけると歩み寄ってきた。

「お前が何かしたのか」と、優斗は胸ぐらをつかまれた。

「オレ、何もしてないよ」

二人はにらみ合った。そこに若井が駆け寄る。

「誠一郎様。社長はご病気だったのです。いざというときには私が全て式を手配するよう、社長から頼まれていたのです」

「通夜もしないでどういうことだよ」

若井は「それも社長のお気遣いなのです。お子様たちから時間をもらいたくない。それに湿っぽくなるのもばつが悪いと、一日葬をご希望されていたのです」

「一日葬？」

「はい、参列者の負担を軽くするため、お通夜はせずに告別式と火葬のみで行われる葬儀です。社長は自分が死んだら、一日葬で見送ってほしい、参列できない家族がいてもしょうがないと……」

そこに「母さん！」と千恵も入ってきて、誠一郎と同じように遺影と棺に目をやった。旅行から帰ってきたのだろう。トランクケースを引いていた。

「そんな、こんなことって……」

その場に倒れ込みそうになるのを、若井が慌てて抱《かか》え上《あ》げた。誠一郎も近寄ろうとしたのを俺は見逃さなかった。

千恵を抱えたまま、若井は覚悟を決めたような表情をしていた。

「いろいろ思うこともあるでしょう。しかし社長からの最後のお願いとして、どうか今だけは、社長のことを偲《しの》ぶ時間にお使いいただければ」

千恵が涙目で若井に感情をぶつける。

「もやもやする。母さんが私たちを信用していなかったみたいで」

そこに優斗が割り込んだ。

「実際そうだろ。おたくらは信用されていなかったんだ」

誠一郎と千恵はハッと振り返る。

「貞江さんはおたくらの仲が良くなることを望んでいたよ。かわいそうだよ、それを見れないまま死んじゃったなんて」

それを聞いた千恵は目を伏せて身体を震わせていたが、やがて潤《うる》んだ目で誠一郎をにらみ付ける。

「あんたが人でなしすぎるのが悪いんだ」

「何で俺が」と、誠一郎もこめかみに青筋を立てた。

「武司兄ちゃんが死んだときも、お葬式来なかったじゃない」

「しょうがないだろう。海外にいたんだ。母さんも無理して来なくていいっていったし」

「鵜《う》呑《の》みにしてどうすんのよ。本当は来てほしかったに決まってるじゃない」

「俺だって行きたかったよ。でも経営者の母さんはわかっていたんだ、どうにもならないときがあるってな。ニートのお前にはわかんないだろうけどな」

「うるさい！　一体この数年で何回母さんと会った？　仕事が忙しいという言い訳に終始して、恩知らずを正当化するな」

「俺には家族がいるんだ。独《ひと》り身《み》のお前にはわからないだろ」

「関係ない！」

葬儀場の真ん中で、二人は今にもつかみかからんばかりにののしり合う。

「誠一郎様、千恵様。一度落ち着いてください」

若井があわてて二人を止めた。

「社長の前です。どうか気持ちを収めてください。社長もお二人のそんなお姿は望んでおられません。社長は常々おっしゃっていました。こんなことになるなら旦那様から会社を引き継ぐんじゃなかった。もっと家族と過ごす時間を大事にすれば良かったと。社長はずっと悩んでいらっしゃったのです——お手紙を預かっています」

若井は「代読させていただきます」と紙を開いた。

兄妹は困惑しながら耳を傾けている。

「この手紙が読まれているということは、私はもうこの世にいないでしょう。そして私の願いが叶わなかったことにもなります。誠一郎と千恵はまだいがみ合っているのね」

その途端、千恵は顔に手を当てて肩を震わせる。

「お互い、相手が悪いと思っているのでしょう。でも私から見たらどっちもどっちです。誠一郎は仕事熱心で素晴らしいです。自分の家族が大事なのもわかります。でも家族や親戚《しんせき》との関係も大事にしてほしいです。いつか誠一郎の家族もうまくいかなくなってしまうのではと、母さんは密《ひそ》かに心配していました。それを伝えられなかったのは母さんが悪いのです」

誠一郎は拳を強く握りしめて俯《うつむ》いていた。

若井の代読は続いた。

「千恵もそうです。あなたが会社でとてもつらいことがあったとき、私は会社に乗り込んで文句を言ってやりたいくらい腹が立ちました。男女の関係です、どちらが悪いとかは言い切れないかもしれません。でも娘の悲しむ姿なんて、親は絶対に見たくありません。泣かせた相手は許せません。でもあなたが家に戻ってきてくれて、心配な反面安心しました。毎日娘の顔を見られるのはうれしいものです。ただ働かなくていいわけではありません。それを伝えられなかったのも母さんが悪いのです」

千恵も顔に手を当てて泣いている。

「仕事を言い訳に家庭を蔑《ないがし》ろにしている、傷付いた自分を言い訳に働かずに家にいる。あなたたちの生き方は、誰かが見れば時に非難の対象となります――いいえ、誰の生き方であろうとそんなものかもしれません。だからこそ母さんだけはずっと味方です。あなたたちのいいところを誰よりも知っています。二人とも自慢で、二人とも心配です。当たり前のことです、家族ですから。誠一郎にも武司にも千恵にも出会えてよかったです――」

若井が手紙を読み終えた。二人とも黙り込んでいたが、やがて誠一郎がポツリといった。

「母さんを最後まで悲しませて満足か」

この期に及んでまだいうか。意地を張りすぎて引くに引けなくなっているのだ。

「何よその言い方は」と千恵も徹底抗戦の表情を見せる。

「娘が働かずに家でだらだらしていたら不安だろう」

「聞いていなかったの？　あんただって悲しませてたじゃない」

「その分自分の家庭は順調にやっているんだ。寄生していた身でよくいえるな」

「……どうしてそんなことといえるの」

千恵の声が震えている。

「同じ悲しませるでも、俺とお前じゃ違うんだよ。いつまでも独《ひと》り立《だ》ちせずに遊びほうけてよ。俺は夢を叶えていった。子どもが順調に働く姿を見せることができた。何よりの親孝行じゃないか」

「あなたは、それを逃げ口上にして全部丸投げだったじゃない。どうして母さんを蔑ろにするのが親孝行なの？　あの日、武司兄ちゃんが亡くなったとき、遅れて来たのにまたすぐに帰っていくあなたを見て、母さんは私に泣きついてきたんだよ」

誠一郎は口をつぐむ。

おそらく貞江が追い返したのだろう。後はこっちに任せて仕事に戻れ、と。もちろん本心ではいてほしかったに違いない。

「思いやりさえあればニートが許されるとでも思っているのか。誠実な自分を逃げ口上にしているお前のほうがよっぽど始末が悪い」

「絶対許せない……」と千恵の顔は涙でぼろぼろになっている。

罵《ののし》り合いが再び始まった。誠一郎は鼻息を荒くして、千恵は顔を真っ赤にして泣きじゃくっている。

「優斗、止めるか？　二人ともだいぶ熱くなっている」

ボタンの掛け違いだなんて言葉では言い表せないほど、二人の感情は絡まり解けなくなっている。

「そうだね。ちょっと大騒ぎしすぎかな」

二人の言い争いが響く中を、優斗が静かに立ち上がったときだった。

「いいかげんにしなさい！」

少し弱々しく、だが通る声で部屋に入ってきた、一人の小柄な人物がいた。

兄妹喧嘩《げんか》が一瞬で止まる。

参列者にも驚いて声を上げるものもいる。「きゃっ」と叫び声さえ上がった。

かくいう俺も、一瞬心臓が高鳴った。

「どういうことだ」「本物か」と、室内全体が大混乱となる。

「ちょ、ちょっと待てって。予定と違うじゃないか」

優斗は手を額に当てて上を向く。

「もうちょっと兄妹喧嘩させて膿《うみ》を出したかったのに。まあいいか、こんな様これ以上見たくないだろうしね」

優斗はにやりと微笑んだ。

入ってきたのは、貞江だった。

8

「母さん。どういうことだ。生きているのか？」

誠一郎が啞然とすれば、千恵は顔を涙でぐしゃぐしゃにして放心状態になっている。

混乱する一同だったが、貞江は耳を貸さない。

「いいからそこに正座しなさい」

二人はおずおずと座り込んだ。

「大勢の方がいらっしゃっているのに口げんか……。恥ずかしくないの？」

「それより母さん――」と誠一郎が切り出すが、貞江は「話している途中です」と、ぴしゃりと言い放った。

「ごめんなさいね、私はまだ生きています。母は恥ずかしいです。若井に読んでもらった手紙は嘘《うそ》偽りない気持ちです。ここまで真剣に伝えればわかってもらえるものと思っていました。それなのになおさら頭を熱くして。あなたたちがどう感じてくれるか想像し、涙ぐみながら書いた自分が情けないです。どこまでわからずやなのです？　何がどうなればあなたたちは満足なのですか」

黙る二人に、「答えなさい！」と、貞江は言い放った。

優斗と翔までビクッと肩が震えた。さすがやり手の女社長である。

だが続けて、「どっちも――」と口にした途端、貞江の目から涙が溢《あふ》れる。

「どっちも自慢でどっちも心配だって言っているでしょ。二人とも甘えすぎです。でも私は私で、母だから、そんな甘えん坊のあなたたちがいつまでもくすぐったくて、どこか嬉《うれ》しくて――」

貞江は大きく息を飲むと、二人に告げた。

「誠一郎、あなたは兄ちゃんなんだから千恵の話を聞いてあげなさい。千恵、あなたは末っ子なんだから誠一郎の話を聞いてあげなさい。兄妹ってそういうものよ。武司はもういないのだから、もう兄妹三人で手を繋《つな》ぐことはできないのだから、もっと広く手を伸ばしなさい。武司が見ていてくれるわ」

しかし二人はためらって固まっている。

そのときだった。

千恵が動き出した。誠一郎に向かって手を伸ばすのではなく、何も言わず、顔も上げずに貞江の元に近寄っていき抱きつく。そして貞江の手を取り、だだをこねる幼子《おさなご》のように何度も首を横に振る。貞江が生きていたことへの嬉しさが、行動に表れている。

「あなたたちは兄妹なのよ」と、貞江は自分より大きくなった千恵を抱き締める。

咄嗟《とっさ》に優斗が誠一郎の耳元でささやく。

「おい、うれしくないのかよ。母ちゃん生きてたのに」

ハッとした表情で、誠一郎は優斗に目を向けた。

それから振り返ると、少しずつ二人に近寄っていく。

「母さん……」

小さな身体で、貞江は兄妹を抱き締めた。

あの写真のように、三人は泣きながら抱き合っていた。

それでもまだ照れくささがあるのか、誠一郎と千恵の間は少し空間がある。

それはまるで、亡くなった武司のために場所を開けているように見えた。

「まだ生きているのに、縁起悪いわね——水無月さん、ありがとう」

貞江は可笑《おか》しそうに遺影を眺《なが》める。

「いやいや。母ちゃんやったじゃん」と、優斗はガッツポーズしてみせた。

貞江は誠一郎と千恵に顔を向ける。

「いい？　水無月さんは私の恋人ではなく、あなたたちがあまりに自分のことしか考えないから、私が協力をお願いした方なの」

終活屋であることは隠して紹介している。

「わざわざ……わざわざそれだけのため、偽の葬式をセッティングしたということか？」

誠一郎の言葉に貞江は頷く。

「そうよ。ちなみに新しいお手伝いの真嶋さんも、水無月さんと同じ事務所の方よ。それと若井、ありがとう。大変な役だったわね」

若井は丁重に頭を下げ、「これでよかったのでしょうか」と不安げにしている。

優斗は「今はわからない」と首を横に振り、それから兄妹に向けて伝えた。

「これから次第だな」

優斗が恋人として現れ、その後偽の葬式をあげる。今回の優斗の計画だった。

急ぎ大東のいる花屋に連絡を取り、葬儀の調度品は制作会社に依頼した。懇意にしている葬儀社に頼めばもっと楽だが、終活屋として敬《うやま》いの気持ちがあるのだろう。今回のように派手な手段を採るときも、優斗は絶対に葬儀屋へ頼もうとはしない。

棺に眠った貞江の精巧な人形は、知人の人形師の個展に足を運んだ際に頼んだ。わざわざ身体情報が載っている検査報告書を持ってきた貞江がいじらしかった。

そして偽葬式をあげるタイミングは、千恵が旅行から帰ってくる日に合わせた。千恵がいない間に準備を進める必要があったからだ。

誠一郎が「ふざけるな！」と怒声を放った。再び室内が張り詰める。

「俺は納得できない。予定を調整して来た人も大勢いるんだぞ。偽の葬式とかふざけすぎだ。母さんもこんなやつのいうこと聞かずーー」

「恨むならオレだけにしな。全部オレの考えたことだ」

優斗は誠一郎をにらみ付けて、あっかんべーと舌を出した。

「こうでもしなきゃ何言っても聞かなかったんだ。どんな気持ちで貞江さんがオレに依頼を持ちかけてきたか、よく考えろよ」

さっきまで力強く兄妹をにらんでいた貞江だったが、その目には涙が浮かんでいた。

「母さん……」と呆然とする誠一郎に対し、優斗は呆れた表情でポケットからハンカチを取り出して誠一郎に渡した。

「母親が泣いているのにぼけっとしてどうするのさ。しっかり敬えよーー貞江さんが本当にオレに本気になる前に」

優斗はウインクした。

単に偽の葬式をあげるだけなら、わざわざ優斗は貞江の恋人役として出てくる必要はなかった。あえて姿を現したのは、偽葬式というトリッキーな手段を取る以上、わかりやすい憎まれ役が必要だったからだ。どこまでもおどけてどこまでも悪になろうとする。

本当は優斗は、『オレに本気になる前に』ではなく、『貞江さんがいなくなってしまう前に』

といいたかったのをこらえていたのだ。そのことを兄妹は知らない。

「あっ、そうだ。母ちゃんこれ落としてたよ。大事なものだろ」

例の四人で抱き合っている写真だった。

貞江は照れたように、でも大事そうに写真を胸に当てる。

千恵は幼児のように貞江の袖《そで》をつかみ、誠一郎は上を向き涙をこらえていた。

9

「さて、一件落着……ではないね。あの家族にとってはこれからか」

「そうだな」

これからのことは家族だけの問題だ。

俺たちはこっそりと貞江宅を後にしていた。

だがそこに「お待ちください」と声がするので、振り返ると貞江と若井だった。

貞江は丁寧に頭を下げてきた。

「今日はありがとう。偽の葬式なんてどうなるかと思ったけど、うまくいったからよかった。でも水無月さん、私が怪しい彼氏作れば、そこで誠一郎と千恵はちゃんと結託したかもしれないのに、『彼氏ぐらいじゃ弱いから、あなた死んでください。偽の葬式をあげよう』だなんて、ちょっと失礼じゃない？」

「げっ」と、優斗はばつの悪そうな顔をした。

優斗の初めの計画では彼氏として登場するだけだったのだが、いっそ偽葬式をあげることにしたのだった。

「そ、それは……でも、結局これで正解だったわけだし！」

あわてる優斗に貞江が「冗談よ」と、おかしそうに笑う。

そこに若井が汗を拭きながらいった。

「私も正直、誠一郎様と同じ気持ちです。たったこれだけのためにあそこまで……」

すると優斗は「若井さん、違うよ」と否定した。

「貞江さんにはこれだけのことじゃないんだよ」

そんな優斗を、貞江は睨《にら》みつける。

「でもうちの子たちを聞き分けの悪い子ども扱いしたのは許さないわ」

「勘弁してくださいよー。でもみんな、変わってくれるといいけどな。ちゃんと見届けてよ、貞江さん。くたばっちゃったらもったいないよ」

「そうね。結局変わってくれないのを見届けるくらいなら、先に死んじゃうのもいいけど」

「は？　何言ってんだ。変わるまで長生きすればいいだろ」

「簡単に言うわね。でもありがとう――さすがに罪悪感があるわね。どっちにしろ私は長くないのに。あの子たち、私がもう死なないって思っちゃうんじゃない？」

「悪いことしたねー。でも悪人ほど長生きするっていうし」

「そうだったらいいわね。何やっても遅いのよね、人って。本当、何をやっても」

「だったら生きまくればいいだろ」

「最後まで優しいのね――ねえ、水無月さん。なぜあなたが終活屋だなんて変わったお仕事をしているのか、何となくわかったわ。あなたは――死が怖くて、誰かの死が悔《くや》しくてたまらないのね」

いたずらっ子のような視線を、貞江は優斗に向ける。キョトンと優斗は見つめ返す。

「不謹慎なこと言ってばかりなのも、ただの強がりね。本当は終活という考え方自体、嫌っているんじゃない？　でもあなたみたいなチャラい終活屋さんもありね」

「チャラい終活屋……？」

優斗は不思議そうに復唱したが、やがて「何だよそれ。ムカつくなー」と不満げに頰《ほお》を膨らませた。

「だったらこんな仕事していないよ。そんな嫌なことというくらい元気なら大丈夫だな。せっかくだから長生きして見てあげなよ、お子さんたちを。オレの予想では、完全な雪解けには時間がかかるぞー」

優斗がかすかに焦っているのがわかった。貞江もそれを察し、勝ち誇ったような表情を見せている。

貞江のいうことは大方間違っていないと思う。

アマルガでのホスト時代、バースデーはもちろん、他にも周年パーティーなどイベントの際、ナンバーワンだった優斗は挨拶をする機会が多かった。

そこで優斗がよくいっていた。

――みんな好き、水無月優斗です！

まるでアイドルの自己紹介だが、これは誰からも愛される自身のキャラを自分でいっちゃうオレ様思考ではなく、優斗のほうが誰をも愛しているという意味だった。

老若男女問わず相手を好きになり、自在に心の形を変えることで優斗はナンバーワンホストとなった。あだ名は水無月と言葉をかけて、『みんな好きの水無月』。馬鹿馬鹿しい通り名だが、優斗が本気で愛しているのをみんなわかっていたし、ホストとして結果も出していたから誰も文句はいえなかった。優斗の敵なんてどこにもいなかった。

そんな愛されキャラで愛しキャラだったわけだが、それは優斗の持つ繊細さの裏返しだったように思う。

何となく苛立《いらだ》って、ふと、貞江に意趣返しをしたくなった。

優斗だけがばつの悪い思いをするのはバランスが悪いと、自分で自分によくわからない理屈を付ける。

「貞江さんも怖いんですよね」

「うん、そうよ。まだやりたいことはたくさんあるし。でもこれから、一つだけ楽しみなことがあるの」

「楽しみ？　何ですか？」

爽《さわ》やかな表情を見せる貞江が意外で、俺はすかさず尋ねた。

「強がるしかできない私を、あの子たちが見守ってくれるのが楽しみだわ。衰えゆく私はこれからたくさん迷惑をかける。それをわかっていてこんなことというのは悪いけど、誠一郎と千恵が——そして天国の武司が、私に愛情を見せてくれたら嬉しいわ。いざそのときが来たら、喜ぶ余裕なんてないかもしれないけど」

　絶望の中でこそ愛を知る。そういうことだろうか。

　今の俺には理解しがたい。

　理解できる自信もない。

「そうですか」と、簡単な返事しかできなかった。

「とかいって見守ってくれなかったらどうしよう」と、貞江はまた相好を崩す。本当に楽しみにしているようだ。

「水無月さんと真嶋さん。私があの子たちに病気のことをいつ伝えるか、気にならないのね。興味ない？　もしくは怖くて訊《き》けない？」

「興味ないよ」

　そう答える優斗が強がっているのは、俺にも貞江にもバレバレだった。

「そういうと思った——今から伝えようと思う」

　決意を秘めた貞江の表情。優斗は目を丸くしている。

「素直になってくれたあの子たちに、隠し事はしたくないから。でもあの子たちにはこれから、本当の本当につらい思いをさせることになるね。でも伝えたほうが仲直りしてくれそうな気もするし。自分の希望を優先して、悪い母親ね」

　一瞬、優斗の顔が強張《こわば》る。でもすぐににやりとした。

「いいじゃん、別に。今までの分取り戻せよな、何年かかっても」

「最初から伝えればよかったのにね。あなたたちのやってくれたこと無駄にしちゃったわ。ごめんなさいね」

「オレたちの仕事に無駄も無駄じゃないもないさ。そんな気遣いする暇あったら、お子さんたちのこと考えな。誰だって残された時間には限りがあるんだ——ということで、オレたちの存在は不要だから帰るわ」

「ありがとう——何だか、また会いたいわね」

「全然会えるさ。だから生きろよ。年下彼氏からのお願いだ」

貞江はにこっと顔をほころばせた。

優斗がクッと息を呑んだことに、俺しか気付いていない。

「あっ。そうだ、これ」

歩こうとした者の足を止めた優斗が、ジャケットから見慣れた缶を取り出した。火垂るの墓でもおなじみのサクマ式ドロップスだった。

「今後はこれみたいに、色とりどりの笑顔に溢れた生活を送るんだぜ。笑顔はまるでサクマ式ドロップスさ」

得意げな様子でウインクする。それから——。

マラカスのようにジャラジャラ音を立てようとしたのか、優斗が缶を大きく一振りしたときだった。

丸い缶の蓋《ふた》が外れて、中の飴《あめ》が飛び出し宙を舞った。偽葬式のせいでモノトーンに囲まれた貞江の家をバックに、色とりどりのドロップがほんの一瞬だけ宙をカラフルに彩った。だがすぐに地面に落ちた。

「あー！　しまった」と、優斗は頭を抱える。

「さては優斗、つまみ食いしたな？」

「ちょっとぐらいオレも笑顔を味わいたくて！　ごめん貞江さん、落としたのは洗ってオレが全部食べる。貞江さんには新しいの買ってくるから。うまいこといってかっこつけようとしたのに、様にならねー」

　肩を落とす優斗を見て、貞江と若井は表情をやわらげていた。

10

「翔さん、打ち上げだよー」

「待て待て、用意するから」

　事務所に戻ってきた俺たちには、恒例行事が待っていた。

　優斗の向かいのソファに座ると、俺はテーブルにバカラのタンブラーグラスを置いた。

　そしてそこにウイスキーをロックで注いだ。グラス側面に施された彫刻がブラウンに輝いていく。「飲みすぎると須戸内さんに怒られるよ」と優斗にからかわれるが、「知るか」と投げやりに返事した。

　そしてここからが俺たちだけのやり方だ。

　優斗がウイスキーの上に豪快にバニラアイスを置いた。そして二人でスプーンを手に取る。

「それじゃ、お疲れ！」

優斗のかけ声に、「お疲れー」と俺も返事をし、二人でアイスにスプーンを伸ばした。

エスペシアで案件が解決したときに、俺たちはこの打ち上げをする。

それぞれの好きなものを合わせたこのデザートを、二人で食べていくのだ。

アイスをのせたコーラがコーラフロートなら、これはウイスキーフロートかと思いきやそうではない。ウイスキーフロートは氷水に浮かべたウイスキーのことで、アイスを浮かべたウイスキーに正式名称はないようだ。いうなればアイスフロートウイスキーだろうか。

二人同時にスプーンを伸ばすものの、アイスはほとんど優斗が食べる。そしてその後でウイスキーはほとんど俺が飲む。だったら分けて出せばいいという忠告は野暮だろう。野暮なんて言葉を、俺たちみたいな人間は最も嫌う。

案件が難しかったり考えさせるものだと、食べながら優斗が考え込んだりするため、ウイスキーにアイスが溶け込んで甘さを帯びる。甘くない解決ほどウイスキーは甘くなる――今日は大丈夫なようだ。スモーキーな香りがダイレクトに鼻をくすぐる。

「貞江さんの親子、仲良くなってほしいね」

「大丈夫そうだけどな」

そこに優斗が、思い出したようにいった。

「親の心子知らずって本当だね――凪《なぎ》ちゃんはどうだろうね」

「凪は知ってるだろう。そこいらの親子よりずっと」

「だよね――」と、優斗は再びアイスにスプーンを伸ばした。

静かに時は過ぎていく。

もう俺たちはホストではない。

伝説のナンバーワンも、それに次ぐナンバーツーも過去の話。今の俺たちはただの終活屋だ。

派手なネオンも札束《さつたば》も、シャンパンタワーもむせかえるような色恋の駆け引きも、ここにはない。

打ち上げは二人きり、ささやかに過ごせばいい。

※

光岡家へ向かうと、以前と変わらずに若井が出迎えてくれた。

「あれから社長は間もなく入院生活に入られました。そして三ヵ月後、眠るように息を引き取られました。入院している間、誠一郎様とそのご家族、そして千恵様が交代でお見舞いにお越しでしたよ。お互い連絡を取り合って、社長が寂しくないようにしたのでしょう」

若井は目を細めて、貞江と過ごした邸宅に目を向けた。

「今、この家には?」と、優斗も同じく家屋のほうを振り向く。

「千恵様が引き続きお住まいですが、これからはわからないですね。広い家ですし、誠一郎様ご家族が引っ越してこられることも考えているそうです。千恵様は今はお仕事に出られていますす」

「働き始めたんだ」

優斗が嬉しそうに微笑んだ。

「はい。社長のってでグループ会社に入ることもできたのですが、一からやり直したいと就職活動をされて、今の会社にお勤めです」

「それでさ」と優斗が尋ねる。

「連絡を取り合うぐらいにはなれたそうだけど、実際誠一郎さんと千恵さんの関係はどうなったの？」

「まだぎこちないですが、お互い歩み寄り始めています。お二人とも完全に素直にはなれていませんが、もう大丈夫ではないでしょうか。社長もそれを察したようでして、お亡くなりになる前は満足げでしたよ。社長は水無月様、真嶋様のお二人にも、非常に感謝しておられました。私からも、改めてお礼申し上げます――」

頭を下げる若井に、優斗はいやいやと手を振り、「そんな、オレたちはたいしたこと……」といいかけて、そこで言葉も動きも止まった。

不思議に思い目をやる。

「おいおい……」と、思わず声が出た。

優斗の目からは大粒の涙が溢れていた。

「ありがとうございます」と、顔を真っ赤にして泣きじゃくる優斗に、「こちらこそありがとうございました」と、若井も目を潤ませている。

――よかったじゃないか。

優斗が何かを得てくれたら、俺も嬉しい。終活屋という優しくトリッキーな仕事をしているこいつが、何も得ないでいいわけはないのだ。

俺は優斗を静かに見守っていた……のだが。

「よかったです、よかったです」

優斗は延々と袖で涙や鼻水をこすり、一向に泣《な》き止《や》まない。

「おい、優斗そろそろ」と、肩に手を置こうとしたときだった。

「そういえば、これ」と、若井が一枚の写真を取り出した。

何が写っているのか見た俺は、ぐっと胸にこみあげるものがあると同時に、危機感を覚えた。

――若井さん。これはまずい。優斗が泣き止まなくなるぞ。

「誠一郎様のお子様は五歳と三歳の男の子なのですが、ご両親に非常に懐《なつ》いておられます。それで社長の四十九日なのですが、あわただしく動いて相手をしてくれないご両親に寂しさを覚えたのでしょう。男の子二人でご両親に抱きつきにいったのです。そしてそのとき、そばにいた千恵様もご一緒に――」

それは、誠一郎とその妻、二人の子ども、そして千恵、みんなで抱き合っている写真だった。貞江が見せてくれた、あの昔の写真と構図がそっくりだ。

みんな笑顔をこぼしているが、誠一郎と千恵の表情はどこか気恥ずかしさを感じているようでいじらしい。

「うぅ……」

優斗の顔は、ますますぐしゃぐしゃになっていった。

二話　父と息子のペアリング

1

「親父《おやじ》とペアリングがしたい」

久しぶりに帰ってきた息子の天馬《てんま》は、真面目な顔付きでそういった。度肝を抜かれすぎて、馬鹿いってんじゃねーの言葉も出てこなかった。

「心配かけたのは本当に悪かった。でもその分、これから恩返しするから。親父の店がもっと盛り上がるよう手伝わせてくれ」

「調子のいいこと言うな！」

怒りが動揺を超えて、こっちは言葉になった。ただ思ったほどの大声ではなかった。

学生時代にぐれてほとんど帰ってこなくなり、そのまま家を出た天馬が、突然帰ってきた。金髪に細い眉だったのが、髪は黒くなり眉も普通の太さになっていた。顔を合わせるなり、土下座なんてわざとらしいことまでしやがった。

まったく連絡がつかなくなった当初は、それは心配した。なのに妻の沙百合《さゆり》にはたまに連絡が来ていたことを、後になってから知った。

だから早い親離れぐらいに考えた。だが心に残ったしこりは無視できず、そのしこりの存在を俺自身しか知らないことにむかっ腹が立っていた。

家にいない間、天馬は天馬で目標を見つけたらしい。先輩の家に居候していたそうだが、のこのこ戻ってくるなり俺の仕事に立ち入ろうとしてきた。

「俺、一人前のバーテンダー目指しているんだ」

その先輩がバーに勤めている関係で興味を持ち始めたそうだ。

俺は三十年居酒屋を経営している。今は開店以来、初めての長期休業中だ。

二十代半《なか》ばで開いた店は、数々の閉店危機を乗り越えて、今年で三十年目となる。天馬が生まれる前からやっている店だ。

幼い頃の天馬は店にいることも多く、一時は店のマスコットみたいになっていた。たどたどしい手つきでテーブルに料理を運ぶ様は大評判となった。天馬もまんざらでもなかったようで、板場の俺を見上げて「大きくなったらお父さんと一緒に料理を作りたい」だなんてキラキラした目をしていた。鼻をこすりながら「大変だぞ」と告げたものの、その日風呂に浸《つ》かりながら、何だか泣いてしまったのを覚えている。

だが話はそう都合良く進まない。

だんだんと天馬は友達と遊ぶのに夢中になり、やがて店に来なくなった。あの時期の子ども特有の感情で、親と一緒にいることに気恥ずかしさも感じ始めたのだろう。

俺だって気恥ずかしさがなかったわけではない。でもそれ以上に一緒にいられることがうれしかったのだが。親の心子知らずだなんて、ありふれたことわざで自分を納得させていた。

たまの休み、近所の神社でキャッチボールをした頃はすでに遠くなっていた。ボールを投げる顔、そのボールが俺のグローブに入ったときの顔、俺が投げたボールを受け取ろうとする顔——どの天馬の顔も鮮明に思い出せるくらい、大好きな時間だった。

それでも友達と楽しく過ごしているならそれでいいかと思いきや、天馬はぐれて高校を中退。俺も高校中退なのでそこは強くいえない。

そして現れたと思ったら、バーテンダーとなって俺の仕事を手伝いたいという。

「親子でお揃《そろ》いの指輪はめて厨房《ちゅうぼう》に立つっていうのか？　馬鹿か！」

突然帰ってきた息子をこころよく迎え入れるには、家にいなかった時間が長すぎるし、あまりにも発言の意味が不明だ。

「指輪？　何で？」

「お前がいったんだろうが、ペアリングって」

天馬はハッとした表情をすると、大きく首を横に振った。

「親父、違うよ。ペアリングってそういう意味じゃない。親父の料理にあったお酒を俺が出すんだ」

ペアリングとは、酒と料理を相性よく組み合わせることらしい。ビールに唐揚げ、日本酒に塩辛、ワインにチーズと、どの店でもやっているだろと告げると、天馬は「そうじゃなくて」と説明を始めた。要は料理一品一品に別の酒を出すことをいうらしい。

その説明口調がイラついた。いきなり戻ってきてえらそうに何だ。それに今の俺の状況がわかっているのか。身体への負担を忘れて、俺の声はでかくなっていく。

「うちのお客さんはそんな回りくどいのは嫌がるだろ。どっちにしろ誰がお前なんかと働くか。勝手にいなくなって勝手に戻ってきて店を手伝いたいだなんて、虫がよすぎる」

天馬の顔が歪《ゆが》む。その点に後ろめたさはあるらしい。

「それは……それは本当に悪かったよ。でも――」

「帰れ。もうすぐ回診の時間だ」

「でも」

「いいから帰れ！　二度と来るな。お前に店の敷居《しきい》はまたがせない」

天馬の表情が歪むより前に、俺はそっぽを向いて横になった。

やがて靴の音が遠ざかっていった。遠くなるその音が寂しかった。

情けないが俺は入院中。洗濯された布団のにおいが心地いい。でも古い家みたいなにおいが染《し》みついた、我が家のしけた布団のほうが恋しい。

戻ってきた天馬は、俺を『親父』と呼ぶようになっていた。いつ『お父さん』が『親父』になるのか楽しみにしていたが、こんなにむかっ腹を立てながら聞くようになるとは。

いつもの時間、いつもの看護師が食事を届けに来る。

栄養を考えた献立《こんだて》だか何だか知らないが、こんな少ない量じゃ治る病気も治らない。そう思っていたのが、いつのまにか十分な量となった。

窓の外の空を見上げた。学も品もない俺だが、綺麗な青空を見るのが好きだ。別に死を意識してその思いが芽生《めば》えたわけではない。悪いが俺は、健康な時分から空を見上げるのは大好きだ。だから息子にも天馬と名付けた。

食事をしていて、どうも喉《のど》に違和感がある。たいして気にも留めずにいたが、痛みが気になり医者に行ったのは一年前。

顔なじみの町医者は、アルコールを控えるようにいっておきながらその日の夜に飲みに誘ってくるようなやつだったが、そんなあいつがあの日はやけに優しげな表情だった。

——大きな病院行って見てもらえ。

あのときのにこやかさは深刻さを隠すためだったのだ。

アルコール臭い服を着て一通り検査を受けた結果、俺の身体はがんにむしばまれていることがわかった。

自分はないだろうと誰もが思う。全くそのとおりだ。

いざとなったら覚悟はできている。あれは全く嘘だ。

どんなに覚悟を決めたつもりでも、それは布団の中、寝ぼけ眼で決めたようなぬるいものだ。現実はばっと布団をはがして、突き刺すような寒さを突きつけてくる。

店は休業した。手書きで『一時休業』と記すとき、『一時』の文字が気持ち大きくなってしまった。俺の願いが知らず知らず表出したようだ。

こうして俺は入院することになった。病状は日々悪化している。気の持ちようただ一つで治った気になったり悪化した気になったり、秤《はかり》みたいに俺の心身は揺れ続けている。いつか揺れは治まり、それが死なのだろうか。

2

その日、見慣れない見舞客がやってきた。

病室に入ってきたのは、黒いスーツに身を包んだ二人組の男だった。胸元には見舞いに必要な面会バッジを付けている。童顔で背の低いほう――とはいえ俺と比べたらだいぶ高いが――と、鋭い目をした背の高いほう。どちらも綺麗な顔立ちをしている。童顔のほうが、ニコッと笑った。胸ポケットには青いバラが刺さっていた。

「――橋場博《はしばひろし》さんですね。オレは水無月優斗といいます」

続けて背の高いほうも、「真嶋翔です」と名乗る。真嶋のほうは一見冷たそうだが、微笑むと顔がくしゃっとなって、人なつっこさが垣間《かいま》見えた。

「そうだけど、誰だあんたら」

「オレたち、天馬くんと仲良くしてて」

「天馬の友達か？　天馬はいないのか？」

「怖がってお父さんの前に姿を見せられない、でも容態は気になるというので――」

「代わりに見舞いに来たのか？　だからって、普通友達だけで来るか？」

いくら友人の家族が入院しているとしても、当の友人なしに見舞いに来るこの二人も、自分なしでの見舞いを頼む天馬も、どういうつもりだろう。

「そうなんですけど、どうしても気になるそうです」

「あんたら、天馬に何を吹き込まれたか知らないが、話しても無駄だ。俺はあいつと店をやることはないぞ」

するど水無月がふてくされたようにいった。

「そんな意地張ってる場合じゃないだろ」

「ん？　何だお前――」

危うく怒鳴《どな》りかけたが、幸か不幸かゲホッゲホッと咳《せ》き込《こ》み始める。瞬時に祈る。がんのせいではなく、たんが絡んだだけであってくれと。

心配そうに真嶋が手を伸ばすが、「やめろ」と、俺は手のひらを向けて制した。

「よくわかんないけど帰れよ。お前らみたいな軽薄そうな人間と天馬とが、付き合いがあるだけで気にくわない」

するど水無月がお祈りするように手を組んで、目を輝かせた。

「心配なんですね、天馬くんが。美しき親子愛だ」

「帰れ！」

今度はしっかり声が出た。安心感に包まれる。さっきみたいに咳き込まずにすんだという安心と、まだ俺の身体は大丈夫だという根拠のない安心と。

病気になると迷信に惑わされるという。その気持ちは痛いほどわかる。今みたいにはっきり声が出たとか、起き上がったときに身体が軽かったとか、たかがそんなことでさえも元の生活に戻れる期待は高まる。誰がそれを笑えるだろう。

突き抜けるような気持ちのままに、俺は二人に言い放った。

「出ていけ。もう少ししたら『水戸黄門《みとこうもん》』が始まる」

口実ではなかった。日々の楽しみが減った分、一つ一つは大事にしたい。

水無月と真嶋は目を合わせると、「こりゃダメだ」と呆れる。

俺はテレビを点《つ》けて画面に顔を向ける。もうこいつらの顔なんか見てやるものか。

諦めたのか、「わかりましたよ」と水無月の声がした。

「今日は帰ります。でもオレは諦めない。あんたが死んじゃったら嫌だし」

数秒前の固い決意も空《むな》しく、俺は水無月のほうを振り向いていた。

「ふざけるな！　縁起でもないこというな」

すると思いがけないことに、水無月も声を荒らげて俺に反論してきた。

「誰だってどうせ死ぬんだ！　だったら最後ぐらいマジのハッピーエンドかませよ！」

「誰が最後だ。入院患者に言う言葉か！」

水無月は唇を尖《とが》らせながら「それは悪かったよ。そうすぐ死んでたまるかって話だよな」と、あっさり謝ってきた。そんな水無月が面白いのか、真嶋は口元をほころばせている。心配している割に失礼だし、こいつらは一体何者だ。

「そういえば」と真嶋が切り出す。

「天馬くん、あなたのことを心配して、毎日神社にお参り行っていますよ。思い出の神社ですよね？　よく二人でキャッチボールをしたとか」

動揺が顔に出ないよう必死になる。お参り？　本当だろうか。でも問い返したらそれが俺の気の迷いを示すことになる。

わずかにだんまりを決め込んだ後で、俺はこういうのがやっとだった。

「――知るか」

一瞬遅れた返答に、「素直じゃないなー」と、水無月は満足そうに口《くち》の端《は》を上げた。体調に影響が出そうなくらい悔しさが募る。

「わかりましたよ、じゃあ帰りますよ。帰りのバス調べたいんだけど、ここＷｉ－Ｆｉ繋がります？」

「繋がるから、さっさと調べて帰れ」

「ありがとうございます。ではお礼にこの青いバラを――」

「いらねえよ」と、言い終わる前に断った。

水無月は「そうですか。せっかく造ったのに」と、しょぼくれた顔つきになった。

3

「お父さん、調子はどうですか」

妙な二人組がやってきた翌日、女房の沙百合が病室に入ってきた。俺が入院してからというもの、毎日見舞いに来てくれている。

「ああ、大丈夫。髪型珍しいな」

後ろで結んでいた髪を、今日は下ろしていた。「髪留め忘れちゃって」と沙百合は笑う。俺に気を遣うあまり、自分の身の回りがおろそかになっていないか心配になる。

　最近、沙百合は急激に年をとった。おそらく病気により俺の外見も変わっている。だが自身の外見の変化にはなかなか気付けない。もし沙百合の変化が、俺への心配によるものだとしたら、そんな申し訳ないことはない。こうして周囲の人間を介して自身の病状の深刻さを知るのは、自分のこと以上に胸が痛い。

　沙百合は手に花を持っていた。丸い花瓶《かびん》に生けられており、室内がほのかに香る。

「これプリザーブドフラワーっていうんだって。殺風景だから飾るのもいいかなって。箱に入っているのもあるけど、フラワーポットに入れてきたわ」

　加工された花で水やりなどは不要だそうだ。香りも花自体から出ているのではなく、茎の根元にアロマオイルとかいうものを垂らしているらしい。

　入院してから知ったのだが、アレルギーや感染症予防などの観点から、今は多くの病院で生花の持ち込みが禁止されているそうだ。見舞いといったら花という常識は時代遅れだった。

　花を見て沙百合は優しく微笑む。その笑みだけは年を取っても変わらない。沙百合は病室を軽く見回すと、「ここなんかいいわね」と、ベッド脇の棚に花を置いた。

「お父さんを元気づけてね」と、まるで花に語りかけるようにすると、沙百合はベッド脇《わき》の椅《い》子《す》へ座った。

　それからいつものようにたわいもない話をした。

　店が休業中で手が空いているので、最近は家の片付けに取り組んでいるらしい。沙百合も店を手伝ってくれていて、無理はするなと若い時分から伝えていたのだが、俺のほうが先にこんなことになるのだから皮肉なものだ。そのくせ沙百合は時折、「もっと私が助けられていたら、お父さんも入院しなくてすんだのにね」なんて、すまなそうな顔をする。

今日も沙百合は家まわりのことを話していた。

「外壁工事もお願いして、明日は天馬の部屋と寝室の窓が開けられないの。今日の内に空気入れ替えておかないとね」

「お店の冷凍庫にあったストックもだいぶ減ってきたわ。天馬も戻ってきたし家で食べる量が増えたからね。お店が再開したらまた買い直さないとね」

「免許ないから近所にしか買い物行けなかったけど、今は天馬に運転してもらって遠くまで行けるわ」

どんな些細《ささい》な日常の話もありがたい。

でも沙百合の話を聞いた後、いつも引っかかる。俺は帰れるのか。長年暮らした家の空気も吸えず、長期休業の店もこのまま閉店となるのではないか。

そして今日はそれ以上に、気になる点があった。

――天馬の話を聞きたがっている自分がいる。

沙百合の話の所々に出てくる天馬の影。それが気になってしょうがない。

俺が嫌がると思い、あえて沙百合は天馬の話に踏み込まないのか？　そんな気遣いはいらないのに――何を考えているのだ、俺は。天馬を退けたのは俺だろう。

「庖丁《ほうちょう》握ってねえから、腕がなまってしょうがないよ」

振り切るように、天馬とは関係ない話を始める。

天馬のことを知りたいなら、俺を素直にさせたいなら、沙百合はただ一言、『お父さんに残された時間は少ないのですよ』といってくれればいい――なぜ他力本願なのだ。

「旦那は気が強すぎるから、たまにお客さん怖がらせちゃうんだよ」

そう常連客に指摘されたことがある俺が、何という様だ。

人は死の間際でも素直になれないらしい。

訪れるその瞬間まで、死は他人事のふりをする。いや、俺自身が他人事にしている。まだ生きられるだろう、そんな期待に寄りかかった身勝手な感情だ。きっと誰でもそうなのだと、これまた身勝手な決めつけで、つかの間だけ心を軽くする。

会話が途切れ、沙百合は窓の外を眺めていた。昼下がりの淡い日差しが注ぐ中、小鳥のさえずりが聞こえてくる。考えていることでもあるのか、沙百合はかすかに頷いていた。

沈黙が気まずいのか、沙百合が切り出してきた。

「そういえばお父さん、どうして居酒屋始めようと思ったの」

思いがけない質問に面食らう。「どうしたんだ急に」と笑ってしまった。

すると沙百合も照れた表情を浮かべる。

「別に、どんな感じだったのかなって」

何を考えているのか、質問を口にするスピードがゆっくりになっている。

「前も教えたじゃねえか。お前と出会ったとき、俺はもう師匠の店で働いてたもんな」

独立前、俺は別の居酒屋でお世話になっていた。そこの店長――俺は師匠と呼んでいるが――には料理の面でも開業の面でも本当にお世話になった。もう二十年以上前に亡くなっているが、俺もまた師匠の後を追って旅立とうとしている。

「高校退学後に新聞配達のバイトしててな。早朝の配達後、みんなで飯食ってから帰るのが恒例だったんだ。当時はコンビニもなかったから、下っ端《したっぱ》の俺がインスタントラーメン作ることになっててよ。それにハムとかほうれん草とか乗っけるのが評判よくてな。面白いもんで、きっかけなんてそんなもんだな」

沙百合は口に手を当てる。

「そんなもんで始めて何十年も続くんだから才能があったのね」

「よせよ」

「開店後は苦戦したけど、だんだんお客さん来てくれるようになったもんね——意識していたことはあるの？」

「真心だよ」

照れるが本心だ。心構えを言い訳にしてばかりでコスト計算ができない俺は、店を経営できるタイプではなかった。代わりに沙百合が頑張ってくれていたのだ。お前のおかげだとずっと思っているものの、いまだ言葉には出てこない。

「店やっててどんなときが一番うれしい？」

「一番はない。お客さん来てくれておいしいって言ってくれる全ての瞬間が一番だ」

——待て。

板場に立てない悔しさですらすら答えているが、何だこの質問攻めは。

死ぬ前に聞いておきたい、ということだろうか。質問に答えることで、勝手に走馬灯が頭を巡っている。

一時間ほど話した後で、「また明日も来るね」と、沙百合は帰っていった。見送った後でやるせない気持ちになる。沙百合は毎日やってくる。まるで俺との今生の別れを惜しんでいるように思える。そうだとしたら、それをいちいち嗅《か》ぎ取《と》っている俺が情けない。無意識に死への心持ちを整えているのだろうか。

一人の病室はやはり心細い。

気が滅入《めい》った俺は外に出ることにした。沙百合と一緒に出ればよかった。

そして俺は、おかしな光景を目にした。

沙百合が病院から出ていくところだったのだが、その横に二人のスーツ姿の男がいた。この間突然やってきた、天馬の友達とかいう二人組だった。水無月と真嶋といったか。どうして今日も病院にいる。どうして沙百合と話しているのか。

そしてそんな三人を遠くから眺めるギャラリーがいた。どうも水無月と真嶋を見ているらしい。男前だからか知らないが、患者から見舞客までとりこにしているようだ。チャラチャラしやがって。

やがて話は終わったらしい。こじゃれた青いスポーツカーに乗り込む際、二人は沙百合に向かって手を上げた。軽薄さに腹が立っているうちに、スポーツカーは走り去っている。

沙百合は深く頭を下げていた。周囲のギャラリーは手を振っていた。

病室に戻ると、花の香りがした。

今でこそ新鮮だが、毎日この香りにつつまれるのはしんどい。

窓際に移動させようとプリザーブドフラワーを手に取る。その瞬間に罪悪感を覚えた。花が温《ぬく》もりを持ったかのように感じた。

「母ちゃんがせっかく持ってきてくれたからな。遠ざけちゃ悪いよな」

言い聞かせるように口にすると、そのまま元の場所に置き直した。

「母ちゃん、天馬。俺は寂しいよ」

口にしたら余計に寂しくなった。

4

「よっ、博」と、低く通る声が響く。

「おー」と、こっちも思わず声が出た。

手を上げて入ってきたのは浩一《こういち》だった。いつものように作業着姿で、頭にタオルを巻いている。幼稚園からの幼なじみで、もう五十年以上の付き合いになる。うちが居酒屋なのに対して、浩一の家は三代続く工務店だ。

「元気そうじゃねーか」と、浩一は俺の背中を叩く。加減を知らないいつもの痛みが嬉しかったので、まだ俺も大丈夫なのかもしれない。

「どうしたんだよ、お前が見舞いだなんて」

浩一はこういうところに顔を出すタイプではない。どちらかというと、退院した後の快気祝いで大盛り上がりしたがるタイプだ。

「景気づけに来たんだよ。さっさと退院しろ。退屈だろこんなところ」

「あー、毎日暇で暇でしょうがねーよ」

「あれ、何を花なんて飾ってるんだよ。柄じゃねえな」

「母ちゃんが持ってきてな」と伝えると、浩一は例のプリザーブドフラワーに近付き「お花ちゃん。こんにちは」と似合わぬあいさつをした。お前こそ柄じゃない。

「オッケー」と頷き、浩一は振り返った。そして椅子にドスンと座ると、いつもみたいに馬鹿話を始めた。

酒や競馬、釣りの話なんかをしているうちに、俺は気付いた。

初めこそ楽しかったものの、疲れ始めている。髪の生え際《はえぎわ》、背中や尻がわずかに汗ばむのがわかる。まだ一時間も経っていない。今までだったら何時間でも話せていた。これも病気のせいだろうか。

好き勝手に生きてきた。いつ死んでもしょうがないとは思うのだが、こういう些細な変化が少しずつ気持ちを痛めつけていく。

浩一の気持ちはうれしいのに、そろそろ終わりにしてくれないかとさえ思い始めた。

当たり前だが浩一はそれに気付かない。そのくせ自分からは疲れたと言いたくない。自分の体調に直面するようで嫌なのだ。

煮え切らない思いの中、浩一が妙な切り出し方をしてきた。

「博のいいところ……。まあお前は、昔から料理一筋だもんな。たいしたもんだよ」

「何だよ急に」

浩一は「いやいや」と頭をかく。

「長い付き合いのやつが入院なんかしたら、そいつのこと振り返ったりするものだ」

お前もか。どうしてみな昔話に持っていくのだ。俺は俺の人生を残す語《かた》り部《べ》じゃない。

「学力が足りなくて退学になって新聞配達始めて、そこでのまかないがきっかけで料理人か。人生わからないものだな。俺たちと馬鹿やってばかりだったお前がよ」

「浩一だって親父さんの会社をしっかり継いだじゃないか。広大《こうだい》くんも後継ぐんだろ？」

「ああ。ひよっこのくせに口だけはいっちょ前でな」

浩一には広大くんという高三の息子がいる。父親の後を継ぐらしい。若くして進む道を決めてえらいなと思う。うちの天馬とはえらい違いだ――。

「立派だな。うちの天馬とはえらい違いだ」

「そういや天馬くん帰ってきたんだろ？　どうだ、久しぶりの親子の会話は」

「あいつと話すことなんかねーよ」

「何だよ、父ちゃんのピンチなんだから、駆けつけてきた息子の力借りればいいだろ」

「あいつの力なんかいらない。あんな馬鹿息子が」

浩一の顔から笑みが消える。

「おい博。そんな言い方するな。そういう思いってのは届くものだぞ。こんなこといいたくないけどな、お前にもしものことがあったらどうするんだ？」

いいたくないならいうなよ。

「あいつは自分で出ていったんだからな。また一人で生きていけばいい」

「変わらないやつだな。後悔するぞ」と、浩一は憮然《ぶぜん》とする。

「いつぶっ倒れたって後悔は残るだろ」

「お前じゃなくて天馬くんがだよ。父ちゃんが全然話聞いてくれなかったって、ずっと後悔させるのか？」

その様を想像したら、俺は言葉が出なかった。

「ほら、心配じゃねーか」と、浩一が俺の心を読む。

「知るか。とにかくあいつと話すことはない――」

「馬鹿野郎！」

俺の話を遮《さえぎ》った浩一は頭に巻いたタオルを取り、思い切り投げ捨てた。ベッドの脚に当たり、カチッと音が鳴る。

「意地張っている場合か。天馬くんの気持ちも考えろ！」

「お前が天馬に告げ口しなければいいだけの話だろ。人の家のことに口を出すな！」

こいつの頭に血が上ると意味不明なことを言い出すところは、出会ったときから変わらない。

ベッドの上から浩一をにらみ付ける。酔っているときにこんな風に喧嘩になったことは何度もあるが、しらふでは珍しい。

浩一は「そんな言い方あるか！」と、棚にドスンと拳を落とした。

鈍《にぶ》い音とともにプリザーブドフラワーの入ったフラワーポットがぐらぐら揺れて、床に落ちた。

「何するんだ」

思わず声が出ていた。浩一も慌てた様子だ。

幸い花瓶は割れなかった。「悪かったよ、大丈夫か?」と、浩一は赤ん坊でも抱っこするように花瓶を抱えながら、「とにかく、さっさと天馬くんと仲直りしろ!」と、強面《こわもて》で怒っていた。

そこに看護師が入ってくる。

「何を騒いでいるんですか。廊下にまで声が響いていますよ」

二人で縮こまる。少年時代もこんな感じで、よく近所の頑固親父に怒られたものだ。

浩一はこそこそとタオルを拾い、「また来る」と、これまたこそこそと帰っていった。

「知るかよ」と捨《す》て台詞《ぜりふ》を吐いた。

5

浩一が来た翌日だった。

その日もいい天気だったので、顔なじみの入院患者と庭を歩き、病室に戻るときだった。部屋から出てくる二つの影があった。

「あっ、お前ら」

声をかけると、二人ともビクッと肩を震わせる。またまた水無月と真嶋だった。

「ど、どうも」と、二人してばつの悪そうな顔をしている。だがその後、なぜか俺の顔を見て笑いをこらえているのがわかった。

「どうもじゃねえよ。何がおかしいんだ。ここに金目のものなんて置いてねえよ」

「泥棒ではありません。お花に水をやりに来ました」

　バレバレの嘘で水無月が答える。

　だが確かに今日、沙百合は来られないようだった。何でも体調が良くないらしい。

「馬鹿。あれは本物の花じゃねえよ」

「失礼しました。女性に追いかけられて、隠れるために病室使わせてもらいました」

「大嘘つくな」

「ですよね。実は天馬くんが心配しているので、お元気でいらっしゃるかと」

「死ぬほど元気だといっておけ。それとな――お前らと母ちゃんが一緒にいるのを見たぞ。俺たち家族の周りをちょろちょろしやがって、一体どういうつもりだ」

「いや、何でもないんです。俺たち家族、ですか。博さんと沙百合さんと天馬くん。家族仲良くてうらやましいです」

「馬鹿にしているのか！」

　水無月はあわてた表情で、

「待ってください。わかりました、わかりましたってば。今日は天馬くんからお父さんへのプレゼントを持ってきたのです。病室に置いてあります」

「なぜ最初からそういわない？　いらないから持って帰れ」

「えー、まだ見てもいないのに」と、水無月は口をとがらせる。

「いいから持って帰れ、ほら」

　俺は二人の背中を押して、病室に押し込んだ。

そしてベッド脇の棚に置いてある酒瓶を見て、俺は目を疑った。白いラベルに荒々しく書かれた文字。十四代《じゅうよんだい》だった。山形《やまがた》の高木酒造《たかぎしゅぞう》が醸《かも》す幻の日本酒だ。

「これはどういうことだ……」

「博さんのために用意したんですよ。こっちの翔さんが超飲んだくれで、あちこちにつてがあるので、お酒の手配ならお手のものなんです」

真嶋は口の端を上げて親指を上げた。

「博さんの店の品揃え、いくらでも協力しますよ。そんじょそこらのバイヤーには負けません。もちろん今は飲めないでしょうが、退院したときの楽しみとして飾っておきましょう」

居酒屋をやっているぐらいだ。俺も酒瓶を目の当たりにすると気分が昂《たか》ぶる。

しかし次の水無月の一言で、これもこいつらの計画だと思い知った。

「実は十四代は天馬くんが選んだものです——博さんがお店で出していた刺身の盛り合わせなど、ペアリング前提でいくつか選んだ上で、せっかくなら珍しい十四代を用意しようということになったのです」

「どうせなら俺がもらいたいぐらいですよ」と、真嶋がうらやましそうにいった。

その言葉を聞いたとき、自然とため息がこぼれた。

「またペアリングか。好きに飲んでもらうのが一番だ。そういう小洒落《こじゃれ》たのは小洒落たのが好きな客が集まる店でやればいい」

「待ってください、お父さん」と、水無月が手を広げた。

「父と子のペアリングって素敵じゃないですか？　お互いの得意分野を掛け合わせることで、

一足す一が二以上になります」

「くだらない、知るか」

「博さん、この雑誌をどうぞ」

日本酒の瓶の横に雑誌が置いてあった。都内の様々な店やスポットを紹介する『東京《とうきょう》スケジュール』だった。

水無月が差し出してきたので、俺はそれを受け取ると「いらん」と投げ捨てた――のだが。

真嶋が長い手で咄嗟にキャッチした。そして目を細めると、低い声で俺に告げた。

「乱暴はやめましょう。後悔することになります。これに天馬くんが載っています」

「……本当か？」

水無月が真嶋から雑誌を受け取り説明した。

「本当です。今働いているバーでやっている、ペアリングの試みが記事になっています」

言葉が出ずにいると、「でも持って帰れということでしたね」と、水無月は雑誌を抱えた。

こいつ、腹立つな。

「待て」と、水無月を制止した。

「母ちゃんが来たとき、読むかもしれないから置いていけ」

歯ぎしりする。俺に伝えている以上、こいつらが沙百合に教えていないわけがない。

「なるほど、それはそうですね」と、水無月はハッとしてみせた。どうせ演技だろうが。

「それでは博さんは読まないでしょうが、沙百合さんがお越しになったときのために置いておきます。邪魔かもしれませんが、念のため置いておきます」

しつこくいいやがって。

「わかったからもう帰れ」

俺が手で払う仕草《しぐさ》をすると、急に水無月の表情が真面目になった。

「博さん。博さんはあと何年生きられますかね？　ぽっくり逝くの嫌じゃないですか？」

「よくそんな失礼なこといえるな……！」

やはり雑誌を持って帰らせようとしたが、水無月の真面目な表情に手が止まった。

「誰だっていつかは死にます。オレもいつ死ぬかわかりません。どうせ死ぬなら、最後はハッピーエンドかましましょうよ」

その目は悲しさを帯びていた。

「オレたちの先輩も、これからっていうときに娘さんと離ればなれに……。仕方ないからオレたちが取り持って――定期的に会ってもらっています」

「……は？　離婚か何かか？」

何がいいたいのかわからないが、くだらないオチに怒りが募る。

「もう帰れ。お前らは信用ならない」

「すいません、今日はお騒がせしました」

深く礼をすると、二人は病室から出ていった。

「ごめん、言いすぎちゃった」と、部屋の外から声がした。

いや待て、散々言いたい放題しておいて何が言いすぎた、だ。

二人が消えていった部屋の外を見つめる。

無礼なやつらだが、あいつらの言葉が頭から離れない。

——どうせ死ぬなら、か。

人は死が近付くと丸くなるというが、俺に至っては全くそんなことはない。むしろ頑固さに拍車がかかっているといえる。そして天馬を遠ざけ浩一と喧嘩もした。あいつらの言うとおりだ、心残りはある。と言うより、心置きなく死ねる人間などいないのではないか。強がっているやつに限って内心は心残りだらけなのだ。俺はそう睨んでいる。平静を装っているだけだろう。だが死をもって誰も本心を知ることがなくなり、その偽りの装いは真実になる。

ふと怖くなってきた。誰も俺の本心を知らない。

スマートフォンを手に持って、がんのことを調べる。ネットの情報を鵜呑みにするなと医師が警鐘を鳴らす。それなら気にする必要はない、でももしかしたら。

鵜呑みにしてはいけない。つまり一面の真実は含まれる。そして何も心から信じられず、神経はすり減っていく。

未来がない俺は、すがるように未来がある存在——天馬のことを考えた。

水無月が置いていった雑誌を手に取る。天馬が掲載されたページに、律儀に付箋《ふせん》が貼《は》ってあった。

開くとそこには一枚の紙が挟まっていて、それは——。

水無月と真嶋の変な顔がアップで写った写真だった。水無月は豚みたいに鼻を上げて目をひん剝《む》いており、真嶋は両手指で目と頬を挟み、思い切りつぶしている。そして写真上部には、大きくマジックで殴り書きがしてあった。

『やっぱり読みましたね！　素直になれー！』

あの野郎！　ふざけんなと、紙をくしゃくしゃに丸める。

今度こそそのページが目に入ってきた。

スーツを身に纏いグラスを片手にこっちを見つめる、天馬の姿があった。

――若き達人が造り上げる絶妙なハーモニーに酔いしれる。

例のペアリングのことか。親の気も知らないでかっこつけやがって。でも怒るに怒りきれない、憎むに憎みきれない。

それは親子だから当たり前のこと――ではなく、水無月が挟んだこのふざけた写真で怒りを使い果たしたからだ。きっとそうだろう。

そこに病室の外から、女性の声で「水無月さーん」「真嶋さーん」とがやがや聞こえてきた。

女性に追いかけられていたのは、半ば本当だったらしい。

6

「どうですか、調子は」

今日も沙百合がやってきた。最近はずっと髪を下ろしている。

たわいもない話をする時間は、日に日に大切になっていく。でも大切になるほど死期が近付いている気もする。そんな煮え切らない思いは、沙百合へのぶっきらぼうな態度に表れた。沙百合もそれはわかっているようで、「何よ、つまらなそうに」と、呆れ顔で頬をゆるめる。

だが今日は、いつもと様子が違っていた。それがはっきりわかったのは、「天馬が夕飯の手伝いをしてくれた」という沙百合の話に、俺が「ああ」と煮え切らない返事をしたときだった。沙百合の表情が、わずかにしゅんとした。

「どうした、今日は元気ないぞ」

何十年と一緒にいるのだ。些細な変化もすぐにわかる。

沙百合は顔を上げると、意を決したように俺に告げた。

「お父さん、なぜそんなに天馬を拒《こば》むのですか？」

突然の質問に面食らうが、俯きながら答えた。

「どれだけ心配かけたと思っているんだ。それで帰ってきて一緒に店やりたいだなんて、調子がいいにも程があるだろ。店をやるって、そんな簡単じゃない」

よくもまあ毎日同じことをいっているなと、自分でも思う。

いつもわずかに微笑んでいる沙百合の顔から笑みが消えた。本気の合図だった。

「確かにそこは、あの子も甘い面があるかもしれません。でも――それでも私には、お父さんがわがままを言っているだけにしか思えません。素直に店を継いでくれなかった悲しさ、どう仲を戻していくかわからないもどかしさ、そして病気になったタイミングで天馬が戻ってくるという間の悪さ、それらをどうやって片付けていけばいいかわからないから、全部ひっくるめて天馬を嫌っているだけじゃないですか」

「人の気も知らずに何だ――今日はどうした？　医者に俺の病状が深刻だとでも聞かされた

か？」

踏み込んだことを訊いて、沙百合を躊躇《ちゅうちょ》させようとした。開き直ってやけくそになっている。

「違います。お父さんを安心させるために嘘をつくような私ではないこと、あなたが一番わかっているでしょ？」

そのとおりだった。

「天馬はあなたに許されるのを、諦めようとしています――」

薄情なやつだな。だが薄情なのは親子どっちもだ。

「お父さんにもしものことがあるのだとしたら、自分を恨む時間ではなく他のことに使ってほしい、だから自分はいないほうがいいといっていました。もしもを考えなくてはいけないことは、お父さんもわかっていますね」

頷き、そして内心きちんと落ち込む情けない自分。

それを否定するように、「それでもいいかもなあ」とつぶやいた。

すると沙百合の目に涙が光り出す。

「おい、何泣いているんだ」

「どうしてそんなことといえるのですか。天馬のことを考えても、あなたのことを考えても身が引き裂かれます――お父さん」

沙百合は目を閉じていた。たどたどしく話し始めた。

「何で天馬がバーテンダーの仕事を始めたか知ってますか？　あの子は……お父さんが長年作り上げてきた店に憧《あこが》れているのです。もしあんなお店で自分が好きなものを出せたら幸せだと。そしてお酒を見つけてお父さんを追いかけています」

「それなら店を継げばいいだろう」

「一から勝負したいんですよ。お父さんの真似事《まねごと》は嫌なんでしょう」

「それなら手伝いたいだなんていうのはおかしいだろ」

「もう認めてあげてくださいーー」と、沙百合は俺を力強い目で見つめてくる。

「俺だってたいした人生じゃないからよ。何もかも丸くおさまって死ねるなんて初めから思っていない。どうしたって心残りはあるものだ」

　言葉にしてわかった。意外に本心かもしれない。

　心残りがありすぎて優先順位がつけられない。たとえ家族のことであっても、億劫《おっくう》さが勝って尻込みをしてしまう。諦めがあちこちに巣くって判断を誤らせるーー誤りなのか。

「心残りとなるのは天馬も、そして私も一緒です。お父さんと天馬に会えた私の人生はたいした人生ですから」

「母ちゃん……」

　湿っぽさはなかった。涙は流しつつ、明らかに沙百合が怒っているからだ。

「もう、そのまま天馬の言葉を伝えます」

　沙百合は呑み込むようにして、ゆっくり話し始める。

「ーー結局、俺は親父の影響を受けているんだ。小学生の頃からだんだん店に行かなくなったのを覚えてる?」

「ああ」

頷き、恐怖した。どうした沙百合、今自分のことを俺っていったな？

「クラスメイトの父親はみんなサラリーマンだったから、家が自営っていうのが何か恥ずかしかったんだ。でも店に行かなくなって、それはそれで寂しくなった。でもそのまま時が過ぎて、顔を出すこともできなくなった。タイミング、ただそれだけだ。素直になれたらよかった――」

「おい母ちゃん」と止めようとするが、手を向けられて制された。

「親父。親孝行させてくれないか。今の俺を見てほしいんだ。俺は親父と違って料理は下手だけど、その分お酒に関する知識はある。大好きだった親父の料理とコラボできたら、そんな嬉しいことはないよ」

コラボ？　ずいぶんと難しい言葉を使うな。そんな疑問が困惑を薄くさせた――が、沙百合の目からは涙がこぼれていた。

「ちょっと自慢げに庖丁を捌《さば》くその様も、お客さんと話して馬鹿笑いする様も、どんなに疲れていても仕込みには時間をかけることも、ずっと自慢だったよ。初めて言うかもな。自分もバーで働くようになって、余計に親父のすごさがわかった。もうくだらない駆け引きはやめよう」

沙百合の口が閉じた。

俺は混乱する頭を押さえながら、沙百合に伝えた。

「母ちゃん、何だか変だぞ。まるで天馬が乗り移ったみたいだ」

7

心配かけすぎて、おかしくなってしまったのだろうか。

目の前の沙百合は、俺の知っている沙百合なのだろうか。

不安と反省が入り混じり、突如弱気になる。強情の殻をかぶっていただけで、殻を取れば情けない初老の男だ。

「母ちゃん、ごめんな。心配ばかりかけて。でも様子がおかしいぞ。お前、大丈夫か？」

沙百合はめそめそして「大丈夫です」ととりつく島もない。

「くだらない駆け引きか……。そうかもな。俺はあいつと向き合わない理由を探していただけなのかもな。でもな実際、突然あいつが帰ってきて、俺はどう接すればいいかわからないのだよ」

「今さら意地張ってどうするんですか。顔を突き合わせれば、話は始まるでしょ」

いつもの沙百合に戻った。内心胸をなで下ろす。

「何を話せばいいかわからない……俺は、客商売の常で家にいないときが多かったからな。だんだん天馬と距離は離れて、俺はその責任をあいつに押し付けていたんだ――」

言葉に詰まる。わずかに沙百合が首をかしげる。

「へへ」と照れ笑いをした後、目の奥がツンとした。

「何やってたんだろうな。ただでさえ遅すぎるのに……」

なぜ病気になってまでまだ素直になれないんだ。俺は悔しくてだだをこねているだけだ。

「遅くないです」

信じ込むように、何度も沙百合は頷いた。

「天馬を連れてきてくれ。ちゃんと話したい」

すると沙百合は、大きく首を横に振った。

「もう話していますよ」

不思議な答えに目を丸くしていると、そこに入室してきた人物がいた。

「お、お前らは——」

「どうもです」と入ってきたのは、水無月と真嶋だった。

「ようやく素直になったか、遅いよ。どうせなら天馬くんにも来てほしかったけど、ま、それはオレたちみたいな部外者がいないときがいいか」

水無月は手にスマートフォンを持っていて、テレビ電話をしていた。そこに映っている顔を見て、俺は心臓が止まりそうになった。

「て、天馬」

それは泣きはらして目を赤くした天馬だった。

「ずっと聞いていたのか」

すると天馬はためらいがちに、

「ごめん父さん。聞いていただけじゃなくて話していた」

「は？」

そのとき、沙百合が自身の長い髪に指を入れた。

そしてかすかに首を傾けた。耳から何かを取り出したようだった。

テーブルの上に置かれたそれは、小さなイヤホンだった。

水無月が意地悪そうな笑みを浮かべる。

「ずっとあんたは、天馬くんと話していたんだよ。逆にあんたの声はプリザーブドフラワーに仕込んだマイクを通して聞いていた」

沙百合はばつが悪そうに、唖然とする俺から目をそらす。

「奥さんも浩一さんもオレたちも、みんな天馬くんと音声を共有していた。いきなり柄にもない質問されたりとかあっただろ？　あれは天馬くんからあんたに投げられた質問だ」

水無月と真嶋の二人のアイデアで、見舞客はこっそり耳にイヤホン——正確にはイヤモニというらしいが——を取り付けていた。天馬の声がそこに届くので、代わりにそれを俺に伝えていたというわけだ。

——そういうことか。この数日の違和感の理由がようやく判明した。

居酒屋を始めた理由や働いていて意識していたこと、そして何が一番うれしいかなど、沙百合が突然インタビューを始めたのもそういうわけだったのか。

「Ｗｉ－Ｆｉを確認したのは、無線イヤホンとマイクを使えるか知りたかったからさ。オレたちはバスじゃなくて自分の車で来たしね」

水無月は歯を見せて少年のように笑った。

思えば沙百合も浩一も、あれに顔を近付けて声を出していた。あれはマイクチェックだったのか。

そのとき、真嶋が苦笑気味にいった。

「ただ浩一さんには参りました。イヤモニ先にいる天馬くんと話し始めるとは」

そんなことあっただろうか。気付かなかった。

水無月は笑みを浮かべていった。

「それと浩一さんが棚を叩きつけてプリザーブドフラワーを落としちゃった際、マイクが壊れちゃって。そういうわけで浩一さんがお見舞いに来た翌日、オレたちが忍び込んだのはマイクを交換するためです。あっ、東京スケジュールはおまけです。天馬くんの記事、素敵でしたね」

俺は唇を噛んだ。まんまとやられた。

「あんたら一体何者なんだ」

「博さんみたいに素直じゃない人を説得する仕事です。本来なら博さんから直接依頼がないと引き受けないんだけど、いざあんたにあったらあまりにわかりやすかったから、奥さんと天馬くんからの依頼だったけど引き受けたよ。『親子で会話したい』って依頼が叶うなら、親と子どっちから依頼が来ても変わらないからね」

「嫌味ばっかいいやがって」

「これからは嫌味をいわれないように素直になってよね。大切な人と過ごす時間には限りがあるんだ――」

水無月は少しだけ目を伏せた。

そこに沙百合が口を挟む。

「今日お父さんが心を入れ替えてくれなくても、イヤホンをしていたことは白状するつもりでした。だから水無月さんと真嶋さんにも来ていただいたのです」

「なぜだ？」

「やはり嘘はつきたくないです。水無月さんと真嶋さんがマイク交換でここを訪れる口実を作るために、私は体調が悪いと嘘を重ねることになってしまいましたし」

沙百合は俺を心配させてしまったことが後ろめたかったのだろう。長年連れ添った夫婦だ、俺が沙百合のことを何でもわかるなら、逆もまたしかりだ。

スマートフォンの向こうの天馬がいった。

「親父、悪かった」

「もういい」

水無月が「まったく頑固親父だな」と笑う。

「会ってくれない相手なら、会わずに話すしかない。でも本当に伝えたいことは、本人が言わなきゃ意味ないんだよ」

「親父、会って話したい。俺の顔で、俺の声で話を聞いてほしいんだ」

「自分の思いは自分自身の口から。親子で息の合ったペアリングする前に、もっと大事なペアリングがあったな」

水無月は上機嫌に笑った。うまいこといいやがって。

何もかもに腹が立ってきた。体内から沸々と感情が浮き上がってくる。

「馬鹿野郎、だったら、だったら……そんな電話の中に閉じこもってないで、さっさとここに来ればいいだろ！」

自分でも驚くほどの怒声があがる。

なぜなら――なぜなら俺は一点、どうしても気になっていた。

プリザーブドフラワーにマイク？　聞いていないぞそんなことは。

俺はあれに向けて……母ちゃんがせっかく持ってきてくれたとか、俺は寂しいよとか、恥ずかしい言葉を投げてしまった。こいつら、聞いていたのか？　駄目だ、陰《かげ》で寂しさを吐露した俺を馬鹿にしているようにしか思えない。

振り切るように俺は叫び続ける。

「こんな手の込んだことしやがって。俺は絶対に死なない。死んでたまるか。母ちゃんもこんな胡散臭《うさんくさ》いやつらに頼み事なんてするな！　それと天馬は俺の料理のこと全部教えてやるから毎日来い！　二人とも俺の入院くらいでめそめそするな！　それとよくわからないそこの二人組、お前らに世話にならなくてもうちは大丈夫だ。だからもう二度とそのチャラい面見せに来るな！」

照れくささを怒声でうやむやにする俺のくせは、死ぬまで治らないかもしれない。

沙百合は「お父さん、静かに」とおろおろしている。

天馬は画面の向こうで「ありがとう」と目を潤ませている。

水無月は「うっさい！」と、しかめっ面で両耳を押さえている。

真嶋は呆れた様子で、俺に鋭い視線を向けている。そんな怖い面すんなよ。

どいつもこいつも、なめんじゃねえ。

水無月が嬉しそうにはしゃぐ。

「どれだけ元気なんだ！　全く死にそうにないぞ。またへそ曲げて天馬くんに会ってくれなくなったときのこと考えて、新しいトリック考えておかないと。おっさん、オレたちの騙し合いはこれからだなー」

「やかましい！　誰がおっさんだ、誰が死んでやるか、誰がへそ曲げるんだ！　絶対に生きる。俺は……俺はまだまだ死なねえぞー！」

力の限り怒鳴ると、なおさら水無月はにやにや喜び始めた。こいつは許さん。

「おっさん落ち着いて！　手を取り合って、笑顔の絶えない家族になろうよ。そうだ、笑顔はまるでプリザーブドフラワーさ。ずっとずっと、みんなで笑い続けよう」

うまいこといえたと思ったのか、水無月は俺の反応を確かめようと、大きな瞳で俺をジッと見てくる。だが俺のいいたいことは一つだけだった。

「何がプリザーブドフラワーだ。顔だけ笑っておけばいいみたいな言い方するな」

「ち、違う。そういう意味じゃないですって」

いやいやと水無月は手を振る。あっさり追い詰められやがって。

「駄目だ優斗、その例えは通じない」

真嶋が冷静にため息をつく。その様にも苛立ちを覚えた。

「お前はお前で、余裕に振る舞っているんじゃない！」

怒りの矛先を真嶋にも向けた。「そんなつもりでは……」と、真嶋も動揺して目を瞬《まばた》かせる。

「ふざけるなよ、チャラチャラしやがって。こいつらの思いどおりになってたまるか！　プリザーブドフラワーなんか知るか。毎日笑顔を咲かすんだ、俺たち家族は！」

看護師が慌てた様子で病室に入ってくる。

それでも俺は、荒らげた声を出すのを止めなかった。

身体に力がみなぎって、何でもできそうな気がした。

※

橋場博が長年守ってきた店ののれんをくぐると、「いらっしゃい」と威勢のいい声がした。調理服に身を包み板場に立った天馬が、こちらに笑顔を向けている。その横では髪を後ろに結んだ割烹着《かっぽうぎ》姿の沙百合が微笑んでいる。

改装したばかりの店内は机も椅子も綺麗だが、商店街の手ぬぐいや相撲《すもう》の番付表が壁に飾ってあったり、先代の残したものが多く残っていた。

カウンターに座っているのは浩一と、その息子の広大だろう。父親によく似ている。浩一はすでに酔っ払っているようだ。「おっ、橋場家の救世主が来たぞ」と、赤い顔でげらげら笑った。

優斗と俺もカウンター席に案内された。渡されたおしぼりで手を拭くと、温かな感覚が深く身体の奥に染《し》み入《い》る。

「ここってアイスありますか？」

真っ先に場違いな質問をした優斗の口を、咄嗟に塞《ふさ》ぐ。「気にしないでください」と俺は天馬に伝えた。

「事務所でいくらでも食えばいいだろ」と、こっそり告げると、優斗は「はーい」と不満げに頷いた。

　声量を調整できないほど酔った浩一が、でかい声をあげる。

「小洒落た店にしゃがってと思ったけど、天馬くん頑張ってるよなあ。酒も料理も父ちゃんに負けてないからな。父ちゃん、天馬くんのやり方は認めてくれたのかい？」

　天馬は苦笑しながら首をかしげる。

「いや、結局最後まで認めてくれませんでした。仕方ないのでいつか親父に認めてもらえる日を迎えるつもりで、これからずっと精進していくことにします」

「頑固親父、とんでもないもの残していきやがったな」

　そういって浩一が、再び大きな笑い声を上げた。

「でも嬉しいものも残してくれたんですよ」

　そういって天馬は一冊のノートを出した。

「これまで親父が出してきた料理はどの日本酒とのペアリングが合うのか、うまくペアリングするためには既存の料理の味付けをどう変えていけばいいかなど、親父なりに研究した成果です。自由に飲み食いできる身体ではなかったのに、よくこんなに書けたなと思います。親父がどれだけすごかったか、今さらながら実感していますよ。このノートは大事に使わせてもらってます」

「中、見せてくれよ」

　浩一が手を伸ばすが、天馬はひょいとノートを遠ざける。

「駄目です。これは俺と親父だけのものなので」

「けちだなー。頑固さが父ちゃんに似てきたんじゃねーのか」

そこに沙百合が口を挟む。

「そうなの。最近、頑固っぷりがお父さんに似てきちゃって。これから心配だわ」

母親の指摘に、「止めてくれよ」と天馬は頭をかいた。

「そういえば親父、水無月さんと真嶋さんのことといってました」

「えー、何だろ」と、優斗が目を輝かせる。

「親父、水無月さんと真嶋さんの手の内だったのが気に入らなかったみたいです。そのせいか、亡くなる前にとんでもないこと言い出しましたよ。あいつらの望みどおりに動くのが嫌だから——あいつら関係なく、普通に仲直りしたことにしようって。頑固さに散々苦労したのに、今頃何いってんだって」

天馬が呆れたようにため息をつく。「最後まで素直じゃない人だったわね」と沙百合が可笑しそうに笑う。

「本当だよ。親父、絶対水無月さんと真嶋さんに感謝してたのに」

浩一がぐいっと酒をあおる。

「あの馬鹿、あの世でも神様にがみがみ怒ってそうだよな。何で俺を死なせたんだって」

ドッと笑いが起きる。笑って偲ぶことができるのは、博が愛されていた証拠だ。

そのとき、ぐすっと優斗が鼻を鳴らした。

——またか。

横を見ると優斗はまた顔を真っ赤にして、「よかったです、オレ、役に立てたなら……」と泣き出していた。

「どうしたんだよ兄ちゃん」と、浩一が焦ってお手ふきを渡す。

「あっ、泣き虫なやつなので気にしないでください」

俺は慌ててフォローした。

「アイス、用意しているので出しましょうか？」

まるで幼稚園児があやされているようだ。

天馬の厚意もむなしく、優斗が泣き止むことはなかった。

三話　あくまでも魔法的

1

ケーシーに着替えると、あわてて部屋を出た。

今日も通勤時間は、スマホとにらめっこして終わってしまった。スマホやパソコンなどから得る情報を遠ざけることをデジタルデトックスというそうだが、アラフィフともなると逆にデジタルに付いていくのに必死だ。

階段を上がって三階に着くと正面に窓がある。

住宅街の屋根の向こう、空に一つ突き出ているのは、都内郊外でよく見かける中堅スーパーの巨大な看板だ。

私がこの病院に勤め始めた三十年ほど前にはあの看板はなかった。代わりに今もスーパーの奥にある、寺の境内《けいだい》にある大きな桜の木がわずかに覗いていた。今は看板に阻《はば》まれて見えないが、ちょうど今ぐらい、春の時期には、満開のピンクがちょこんと空に顔を出してかわいらしかったものだ。

日が射《さ》し込《こ》む廊下を歩き、一番奥の部屋へ向かった。そこは個室で、胡桃沢麗華《くるみざわれいか》が穏《おだ》やかな日々を過ごしている。

「おはよう」と、中へ入っていった。

遮光カーテンを閉めたままの部屋は朝でも暗い。麗華はカーテンを開けるのを嫌がるので、部屋の空気の入れ換えは、麗華が別室で透析を受けている際にしている。

「あ、果穂《かほ》。おはよう」と、麗華は眉を上げてこっちを向いた。大きな目は昔からまったく変わっていないが、かつて長かった髪を今は首元まで短くしている。

手には小説を持っていた。ベッド脇の棚には、いつも本が数冊並んでいる。

麗華はパタンと本を閉じた。顔付きや表情で、その日の体調がだいたいわかる。今日は調子が良さそうだ。

「優斗さんが買ってきたそれ、どう？　面白そう？」

「うん、小説ってこんな面白いのね。本を読んでこなかった人生を悔《く》やむよ」

麗華が読んでいたのは、村上春樹《むらかみはるき》の『ノルウェイの森《もり》』の上巻だった。古本のためカバーがやや色あせている。終活屋の二人が買ってきたものだった。

帯の『一〇〇パーセントの恋愛小説!!』という文句の思い切りの良さと瑞々《みずみず》しさ。今だったら別のメッセージになりそうだ。

「今日は午後に透析があるよ」と予定を伝えると、麗華は眉をひそめる。

「そっかー。長いの退屈だなあ。ダイアライザー持ち運びできたらいいのに」

麗華は気怠《けだる》そうに手を上に伸ばすと、思い出したように訊いてきた。

「そういや息子くんは元気？」

知る由もないだろうが、示し合わせたようなタイミングだ。

「うん。全然相手してくれないけどね」

「そんな年頃かね。でも果穂の子なら大丈夫じゃない？　根拠はないけど」

麗華は大きく笑い声を上げた。明るく振る舞ってくれるのは麗華の優しさだ。前に息子の則行《のりゆき》との関係について愚痴《ぐち》ったことがあり、そのときから心配してくれている。

私と麗華はほぼ同年代で、長年の友人同士のような関係だった。互いに気兼ねなく話すことができる。

ただし病状だけは慎重にならざるを得ない。実際、いつお別れが来てもおかしくない。それを思うと麗華の笑顔が苦しくもあるし、自分は看護師なのだから最後までにこやかに接しなければと、職業意識で自分をむち打ったりもする。

麗華の着ているパジャマはぶかぶかでサイズが合っていない。

麗華が痩《や》せてきたせいもあるが、それは麗華の亡き夫、胡桃沢輝一《きいち》さんが着ていたものだった。輝一さんは、三十年ほど前の一九九〇年、若年性のがんにより二十代の若さで亡くなっていた――今麗華がいるこの部屋で。

当時新人だった私は、まだ患者の死去を重く受け止めてしまう時期だった。今がそうではないわけではないが、やり過ごし方はうまくなっている。この手の説明はどうしても言い訳めいてしまう。

徐々に衰えていく輝一さん。そして輝一さんの前では明るく振る舞うのだが、病室を出た途端に泣き出す麗華。どちらも鮮明に覚えている。結婚して間もなかった幸せな二人は、瞬《また》く間《ま》に運命に引き裂かれた。

そして時を経《へ》て、麗華もまた末期の腎不全により入院している。

麗華は高校卒業後、都内にあるホテルでホテリエとして働いていた。輝一さんが亡くなった際、精神的疲労から一度退職したものの、その後はまた別のホテルで業務に従事し、入院までずっとそのホテルで働いていたそうだ。今と違って当時は、一度職場を離れた女性が復職するのは難しかったのかもしれない。

この仕事をしていると、運命や奇跡なんて言葉を軽視するようになる。世間でいうそれらに、良くも悪くも何度も直面するからだ。

余命宣告より遥《はる》かに長生きする患者。逆に早くに亡くなってしまう患者。家族の到着を待ち、最後の言葉を伝えてから息を引き取る患者。虫が知らせたのか、メッセージを書き残したその夜に亡くなった患者。運命や奇跡は、想像以上にありふれている。

ある種達観している自分だが、輝一さんと麗華の運命には胸を痛めずにはいられない。

麗華は輝一さんが最期の時を過ごしたこの病室を選び、静かに、だが頑《かたく》なに自身の運命を待ち続けている。

「後追いにしては遅いよね。輝一って優柔不断だったから、私の手を引っ張るのも遅かったんだよ」

三十年ぶりに再会した麗華の、どこか諦めたような笑顔は生涯忘れられない。

2

麗華と会わない間に、私は私で病院での立ち位置が変わっていた。あの日の弱気な新人は今では師長となった。結婚もして子どももできた。

こう振り返ると、それなりに順調な人生なのだろうか。だが順調なら、今朝の出勤前、数ヵ月ぶりに則行からこんなメールは送られてこないはずだ。

『結婚する。保証人お願いできる？』

則行にとって人生の一大事なら親にとってもそうなのだが、メール一本の報告で知らされるだけだった。則行に彼女がいたことさえ初耳だった。身を固めてくれるのは喜ばしいことだが、少しはその過程も分かち合いたかった。

私はいい母親ではなかったのだろうか。

看護師という激務に従事しながら、しっかりと絆《きずな》の強い家庭を築いた同僚も大勢いる。やりがいもあるし看護師になってよかったとは思うが、同時に家族の面倒は見れなかった。

そう後悔に胸を痛めているうちに、いつのまにか家族は徐々に離れていく。

それぞれ幸せならいいことだが、それにしてはこの胸の寂しさは何だろうか。

再会した麗華は人生の岐路を迎えていた。

それを思うと自分の悩みは傲慢ではと、麗華に対して申し訳なさを抱き始める。

悩んではいけない気がしてしまう。たかがこれぐらいのことで、と。

生きていればいろいろある。増えていった経験値を元に今の私がいるのは間違いない。でもその経験値をどう活《い》かそうかと、意識した途端にわからなくなる。そんな偽れない自分を意識することで、何かした気になっている。

輝一さんが亡くなった際、麗華はまだ二十歳過ぎだった。そのためその後で別の男性と付き合うこともあったようだが、結婚には至らなかったらしい。

「何かとタイミング悪いんだよね、私」

口癖《くちぐせ》のように、麗華はよくそう口にする。

三十年前の記憶はいつも、窓の向こうの桜とともに現れる。

今は見られないのがやるせない。

3

定例会が終わり、麗華の病室へ行こうと廊下を歩いているときだった。

「果穂さん、やっほー」

振り返ると、終活屋の二人——水無月優斗さんと真嶋翔さんがいた。

優斗さんが大きく手を振っているのに対し、翔さんは優しく微笑んでいる。優斗さんはVネックのニットで翔さんはガッツリ前の開いた開襟シャツ。

相変わらず二人ともシルエットが細い。看護師的には、もうちょっと太ってほしいものだ。特に翔さんは身長が高い分、病的に細く見える。

優斗さんは手に棒アイスを持っていた。「いやー、春だね。外はあちこちで桜が咲いてるよ」と、アイスを口にくわえる。まるで子供だが、優斗さんは歌舞伎町で伝説のホストと呼ばれるくらいすごかったらしい。

「あいかわらずね。麗華起きてるから一緒に行く?」

「おっ、ちょうどいいね」

優斗さんは大きな瞳を輝かせた。そして「待って、食べてっちゃわないと」と、手に持ったアイスをすごい勢いで食べ始めた。

「この新発売のアイス、めちゃくちゃうまい……ヤバ、頭いてー」

「早食いするからだ」と、翔さんが呆れてため息をつく。

二人は終活屋という、死期が近い依頼者の願いを叶えるという仕事をしている。

この病院の待合室で、勝手に名刺を配っているのを追い出したのが出会いだった。初めは何て不謹慎なやつらだと憤ったものだ。

しかしどこでどう終活屋の情報を得たのか、そしてどういう風の吹き回しか、麗華は二人に依頼をした。踏み込んだことをいえる間柄だったので、胡散臭いからやめるよう説得したが、麗華は聞く耳を持たなかった。

麗華は早くに両親も亡くしているが、その両親が残した財産がある。二人は遺産目当ての詐欺師だと本気で思っていた。イケメン二人組は妙に浮き世離れした雰囲気があって怪しかった。正直、元ホストと聞いていいイメージも持たなかった。

だが意外や意外、そんなことはなかった。

——穏やかに過ごしたい。

突き詰めればそんなシンプルな依頼に、二人は愚直に取り組んでいる。医師や看護師との連携も必要だろうと、私たちに終活屋としての仕事を丁寧に説明してくれたうえで、深く頭まで下げられた。何事も見た目だけではわからないものだ。

病室に入ると、「元気？　どう、この間の本」と、優斗さんが麗華に声をかける。

「面白いわ。いつもありがとう」

「今日も持ってきたよ。オレたち、麗華さん専用の移動図書館だから」

優斗さんは、バッグからまた単行本、文庫本を取り出した。三島由紀夫《みしまゆきお》や島田荘司《しまだそうじ》、筒井康隆《つついやすたか》にさくらももこと多ジャンルに及ぶ。

「翔さんが本詳しいからさ、一生持ってこれるよ」

「お任せください」と、翔さんは優しく目を細めた。

「どうせならラーメン屋みたいに、こち亀《かめ》とかゴルゴ13《サーティーン》ずらっと並べる？　百冊越えは退屈しないぜ」

そういって優斗さんはにかっと笑った。

そのとき、翔さんのポケットから着信音が鳴る。

翔さんは眉をひそめると、「ごめん、後で出るので」と拝むポーズをした。やがて着信音は途切れた。優斗さんが不満げに、頬を膨らませたのがわかった。

麗華は元々テレビを見ない生活だったので、この部屋にあったテレビは撤去した。

スマホも持っていないので、優斗さんが持ってきた本や雑誌、新聞を読んだり、絵を描いたりメモに言葉を残したりして、ゆったりとした時間を過ごしている。

見舞客が他に来ないところを見ると、病気のことは誰にも伝えていないようだ。こういう患者は珍しくない。気を遣わせたくなかったり、根掘り葉掘り訊かれるのが億劫だったり、理由は様々だ。それに病気や入院という話題は、どうしても本人の意思とは裏腹に広まりがちだ。

その気持ちはわかる反面、そのまま亡くなってしまうケースも見てきた。

そのため誰かに伝えてもいいのではと思うが、それは私が今のところ健康だから、そう思えるだけだろう。

優斗さんと翔さんは話題が豊富だ。

「最近のＡＩってすごいんだぜ。もうほぼ人間だよ」

優斗さんが麗華にそんな話をしている。そんな最新の話をして大丈夫なのか。思わず目を開いて優斗さんを見つめてしまった。

だが話は止まらず、二人は麗華が好きな話題を持ちかけている。

野球好きで西武《せいぶ》ファンの麗華に向けて、今年の日本シリーズは巨人《きょじん》対西武になったら最高だとか、テレビゲームに疎《うと》い麗華にスーパーマリオの歴史を話したりとか、とにかく話題に事欠かない。おそらく麗華のために知識を入れたりもしている。まるで同級生と話しているようで、麗華と同年代の私もまた、三人の会話を微笑ましく聞いている。

「そういえば今度のパーティーの準備、着々進行してるぜ」

優斗さんが思い出したようにいった。

「おっ、楽しみ」と、うれしそうに麗華は目を細める。

「でも果穂も出てくれるって、勤務後疲れてるのにいいの？」

「面白そうだからいいよ」

数日後この部屋で、四人だけの小さなパーティーをすることになっていた。さすがは元ホスト、はっちゃけた催しは得意らしい。

麗華の身体への負担がかかるようなことはＮＧなので、担当医師とも慎重に調整していた。一見適当そうだが、その辺りは抜かりない。

ただ医師からは――そして看護師としての私からも――、もう一つ条件を提示されているのだが、それが一番不安だった。

私は二人に再度それを伝える。

「騒がしくしすぎないように、そこだけは絶対守ってくださいよ」

「一番危険なのが優斗だな」と、翔さんがボソッとつぶやく。

「いやいや翔さん、ちょっと待ってくださいよ！」

「……今の声がすでに大きい。やはり危険だ」

鋭すぎる翔さんの指摘に、笑い声が起こった。

4

　そしてパーティー当日。透析で麗華が席を外している間に、終活屋の二人がやってきて部屋をデコレーションし出した。壁にウォールステッカーを貼り、徐々に部屋が様相を変えていく。一応パーティーだからか、二人ともダブルのスーツで決めていた。ブランドを訊いたらヴェルサーチだそうだ。

「よろしくお願いします」と返すと、横の優斗さんがうれしそうに「今日楽しみっすね」とウインクする。

　そのとき気付いた。ベッド脇にワインの瓶が置いてある。

「ちょっと水無月さん。お酒はさすがに――」

「あっ、これ？　雰囲気で置くだけだよ。ホストクラブで出すような高いのは雰囲気違うから、ここはあえてのボジョレーヌーボーで」

　あえて――ね。本当にいろいろ考える。

「麗華はお酒飲んでいいと言っていますけど、ほどほどにしてくださいよ」

「オレは全く飲めないから大丈夫。騒ぐのが心配なのがオレなら、飲みすぎが心配なのは翔さんだよ。ホスト時代、東京ドーム一杯分のお酒を飲んだって言われてますから。『一人祝勝会の真嶋』っていわれてすごかったよ――もう今は東京ドーム二杯分くらいいった？　今でも飲みまくってるもんね」

「馬鹿、三杯はいってるよ」と翔さんは口元をゆるめた。

優斗さんの話だと、翔さんは飲酒量が並外れており、ホスト時代に勢いで始めた酒を身体に浴びるパフォーマンスが有名だったらしい。

「翔さんもそこは上手で、お客様を汚さないようにしっかり注意してたけどね。でも飲めないオレからしたら、あれは引いたなあ」

「引いた？　おい、初耳だぞ」と翔さんは目を丸くしていた。


そしてその夜。

「かんぱーい」と気持ち小さめの声とともに缶やグラスを突き合わせ、パーティーは始まった。

室内には「オレら、麗華様のアッシーくん。麗華様を囲む会」と、大きな貼《は》り紙《がみ》がしてあり、色とりどりの輪がかけられている。アッシーくんとは終活屋の仕事の例えか。あえてそうしたのだろうがダサい。

「麗華さん、サザンが好きってことで、音楽流しましょうよ。何の曲がいい？　アルバムでもシングル曲でも何でも」

優斗さんがいうと、麗華は「じゃあ、『涙《なみだ》のキッス』で」と答えた。私たちの世代ですぐに思いつくサザンの曲の一つだ。もっと上だと『勝手《かって》にシンドバッド』、もっと下だと『TSUNAMI《つなみ》』あたりになるだろうか。

「オッケー。それ借ります」と、優斗さんは麗華のＣＤプレーヤーを手に取った。

麗華は音楽を聴きながら本を読むときがあり、ベッド脇にＣＤプレーヤーを置いている。優斗さんはそれに繋ぐスピーカーを持ってきたようで、バッグからゴツいのを二つ取り出し、棚に置いて音楽を流し始めた。

懐かしいメロディーにゆったりしていたら、麗華も同じような顔をしていた。


話が盛り上がる中、麗華が切り出した。

「まだまだ人生、先は長いからね。みんな将来何をしたいか話そうよ」

目を輝かせて一人一人に視線を向ける麗華に、優斗さんが「いいじゃん」と乗り気の姿勢を見せた。私もしみじみと頷いた。

麗華に「じゃあ翔さんから」といわれ、翔さんが「俺から？　そうだな……」と腕を組んで考え込む。

「じゃあまたホストでもやるか。たくさん酒飲めるし。こうなったら死ぬまで飲み続けるぜ」

「どこまで底なしなんだよ。よく身体壊さないよな」

優斗さんが呆れると、翔さんは「酒は百薬の長っていうだろ、何で身体壊すんだよ」と気にする様子はない。

「翔さんは飲酒については加減知らないからな。果穂さん、叱《しか》ってやってよ」

突然話をふられた。「ほどほどにしてください」と伝えると、翔さんは「今さら気にしてもなあ」と相好を崩した。

面白そうに話を聞いていた麗華だったが、「翔さんはホストね。じゃあ次は果穂で」と私を指差した。

「私はこのままここで看護師として働いていけたらいいなあ」

つまらない返事だが、ここで働き始めたときから同じことを心に留めている。そのままいえばいいから楽なものだ。

大きな夢を持ったことはないが、目の前のことには全力で挑んできた人生だった気がする。ここでの仕事のことも、家族のことも。

過去から延々と伸びてきている細い糸は、たいした特徴もないけれど、これがこの先も伸びることを思えればなぜだか誇らしい。

「そういうささやかな夢が一番大事だよね」

麗華の言葉に、胸が痛んだ。麗華もホテリエとして引いてきた糸を大事にしてきたのだ。そしてその糸が間もなく途切れることを理解している。

「ありがとう」と返事をした。ぎこちない顔になっていないか、少しだけ心配になった。

「最後は緊張するから次は私行こうかな」

言い出しっぺなのにラストを逃れようとする麗華に、優斗さんは「オレはラストでもいいよ」と片目を閉じる。

「いいの？　じゃあ私は……またホテルに勤めたいかな。大変な仕事だけど、ホテルに泊まるのってお客さんにとっては特別な時間だから。そんな特別な時間のお手伝いができるってすごく幸せなことだって気付いた。だから一人でも多くの人の笑顔を見たい」

一瞬、沈黙があった気がした。優斗さんが顔を明るくして切り出した。

「じゃあさっさと退院だ！　果穂さん、もう退院でいいですよね？」

「果穂を困らせないでよ」と、麗華の助け船が入る。

麗華は大きく口を開けて、たぶん心の底から笑っていた。それがうれしくて、こっそり泣きそうになった。

つらい現実ではあるけれど、麗華は今を優しく受け入れているように見える。

優斗さんはにこりとして、翔さんは頷いている。

「よし、じゃあ満を持してオレだな！」

優斗さんが腰に手を当てて立ち上がる。

「オレの夢は……夢を見ないことです！」

理解不能な答えに、三人とも開いた口が塞がらない。「何その一休《いっきゅう》さんみたいな答え方……」と、麗華は呆れている。

「待て、それっぽいことといって頭いいやつに見せかけてるわけじゃないぞ。これにはちゃんとした理由があるんだ」

すると今度は翔さんに「別に頭よくは見えないがな」といわれ、「みんなして何だよ、からかって」と、優斗さんは口をへの字に結ぶ。

「オレは今に全力投球だから。過去を振り返る暇も、未来を夢見る暇もないんだよ。みんなだっていっしょだよ。まだまだオレたちこれからだよな。どうせいつかは死ぬんだ、だったらマジのハッピーエンドかまそーぜ」

どうせとふてくされるには、この場にいる私たちはまだまだ若い。

そう思えるこの場に、そんな決めゼリフを持ってきた優斗さんは、ふざけてはいるけどやはり気遣いの人で、たぶんロマンチストだと思う。

そのとき、優斗さんが目を細めた。

「いやー、それにしても輝一さん来るっていってたのに遅いな。麗華さんみたいな綺麗な人を放っておいて、早くしないとオレが連れ出しちゃうぞー」

麗華はそれを聞くと一瞬驚いていたが、その後ふっと微笑む。

「あの人、本当に何でも遅いのよ。もう少し待ってみるわ。忙しいのはわかるんだけどね、早くしないと桜が散っちゃうのに。最後に見たのはいつだっけね」

麗華は目を細めた。二人で桜を見たときのことを思い出しているのだろう。

「人知れず泣きたい夜なんてもう超えて、後は輝一に会うだけよ」

目をつむる麗華は、運命を完全に受け入れていた。その強さがせつなかった。

優しい沈黙があった。

優斗さんはにこにこしながら飲み物に手を付け、翔さんは物憂《ものう》げに宙に目を向けていた。

病室のささやかなパーティーの夜は更けていく――というほど遅くまではやらず、午後九時にはお開きにすることになった。

「そろそろ終わろっか」

麗華が切り出すと、「夜はこれからだろ」と優斗さんがしぶり始めた。こんな態度を取っておきながら、もし実際に延長することになったら、麗華の体調を鑑《かんが》みて意地でも延長を拒むだろう。終活屋の二人はそういう人たちだ――と思ったところで気付いた。

「そういや翔さん、戻ってくるの遅いよね？」

ちょっと前に足早に部屋を出ていってから、なかなか戻ってこない。

「何してんのかなー」

事情を知っているのか知らないのか、優斗さんも首をかしげる。

そこに「すまない」と、翔さんが戻ってきた。

一目見て、かすかに違和感があった。思い詰めたような、顔を強張らせ続けたような、疲れ切った表情をしている。気のせいだろうか。

「どうしたんだよ、翔さん。もうお開きだよ」

優斗さんも気付いたのか、翔さんに尋ねる。

「すまない。ちょっと野暮用でな」

そういって両手を合わせて謝る翔さんは、いつもの顔に戻っていた。

5

翌日、病室に入ると麗華は新聞を読んでいた。

大きな目を輝かせて、楽しそうに記事を読んでいる。テレビ欄を見ているようで、「面白そうなドラマやってるよ」と、テレビは見ないのに楽しそうだ。私のほうに向いた紙面には、大学のセンター試験開始の記事が載っていた。

新聞の向こうから麗華が顔を覗かせる。

「昨日はありがとうね。楽しかった。あの人たち、本当に何でもしてくれるんだね。あんなに笑ったの、久しぶりだったな」

ちょうどそこに終活屋の二人も入ってきた。

「いやいや、楽しかったなー。麗華さん、体調大丈夫？　心配だったから一応見舞いに来たよー」

優斗さんの言葉に、麗華は「ありがとう、優しいのね」と答える。

「麗華さんだけにだよ」

もう染みついているのか、こんなセリフをサラッといえちゃうのがすごい。

「それとこれ、福岡《ふくおか》土産のチロリアンです。よかったら」

翔さんがビニール袋を差し出した。チロリアンはロールクッキーの中にクリームを詰めた福岡の銘菓だ。病状によっては一切差し入れが無理なケースもあるが、麗華の場合これぐらいの差し入れは問題ない。

「ありがとう」と麗華は受け取り、ビニール袋から箱を出したときだった。白く小さな紙がひらひらと落ちた。

「ん、レシート？　さっき買ったばかり？」

新宿タカシマヤのレシートの日付は今日だった。

「あっ、優斗。捨てておくっていってただろ」

珍しく翔さんが焦っている。優斗さんも同様だった。

「しまったー、忘れてた！　麗華さん気にしないで。事情あって急遽《きゅうきょ》買ってきただけだから。本当に気にしないでくれ」

「よくわからないけど、わかったわ」

そういって麗華は笑った。


病室を出た後、二人から頼まれた。

「果穂さん、麗華さんとご主人とのアルバムを見せてください」

「どうしたんですか?」

優斗さんはそれに答えず、照れたように鼻をこすった。また何か企《たくら》んでいるな。まあこの二人なら悪いようには使わないだろうと、従業員室の自席から麗華のアルバムを持ってきた。

「おー」と優斗さんが両眉をあげた。輝一さんの姿を見るのは初めてのはずだ。

三十年前の二人は仲よさそうに寄り添っている。輝一さんの体調がまだよかった頃の写真もあり、笑顔にも張りがある。

初めて輝一さんと会ったとき、すでに病気は進行していたのでだいぶ痩せていた。記憶よりだいぶがっちりとした体型の写真もあった。

写真は日付が新しくなるにつれて、デートで出かけた先から病室へと変わっていく。それと同時に写真の数は増えている。輝一さんとの残された日々を少しでも多く残そうとしたのだ。

そして麗華一人が写った写真も多くあった。それには理由があった。

「輝一さん、カメラを始めたいっていっていたのに、一眼レフを買った頃には病院から出られなくなってて、そのまま亡くなったの。それで麗華が代わりに私が始めようかと思って一眼レフを引き取ったのに、結局やらずじまいで、でもそんなものかもねって笑っていたわ」

「本人不在で思い出話か。おかしなことしてるな」と、翔さんが苦笑する。

写真の中の輝一さんが着ているパジャマは、今は麗華が着ている。

窓の外に見える桜の木も今は見えない。

まだ未来を知らない出かけた先の写真と、すでに終わりを意識して撮った病室の写真。

どちらも楽しそうで、どちらも笑顔で違いはないはずなのに、こうして未来にいるとなぜかその笑顔に悲しさを覚えてしまう。

優斗さんは私の心を見透かしたかのように、「いい顔だよ」と目を細めた。もしかしたら優斗さん自身も、私と同様に写真の中の笑顔に影を感じてしまい、それを認めたくないのかもしれない。

二人は数々の写真を眺めると、スマホで何枚かその写真を撮った。


その後、三階を歩いていると廊下の向こう、麗華の部屋から二人の人物が出てきた。

外部清掃業者の倉田《くらた》さんと、五十嵐《いがらし》さんだった。

以前は病院に清掃員がいたが、今は外部の清掃業者に業務を委託している。倉田さんは長年お世話になっていて、従業員や患者にも仲がいい人が多い。透析や外出など定期的に患者が留守になる病室の清掃は、なるべく患者がいない時間に頼んでいた。

五十嵐さんは終活屋の二人が連れてきた、四十代半ばの女性だ。ハキハキした印象の人だった。部屋に何か用があったのか、清掃ついでに入らせてもらったようだ。

6

数日後、麗華の主治医から、病状がだいぶ悪化してきていることを告げられた。いつも元気な麗華だが、私も気付いていた。腕が前以上に細くなり、何より頰がどんどんこけていた。

覚悟を決めなきゃいけないのか。でも麗華はもっと強い覚悟を秘めているはずだ。それを思うとめげていられないが、自分の何倍も大変な麗華に励まされているのはおかしい。

輝一さんが亡くなったときのことを思い出す。

春が終わり、窓から見える桜が散った頃から、輝一さんは容体が急激に悪化し、面会謝絶が続いた。

病院まではやってくるものの、何もできず椅子に座る麗華の姿は、見てててつらかった。それを見て、自分は看護師としてやっていけるのか、不安になった。

そしてさらに不幸なことに、輝一さんは夜中に亡くなったため、麗華は死に目に立ち会うこともできなかった。

泣き崩れる麗華の肩に手を置くこともできず、私はただ震えていた。

自分よりつらいはずの麗華にまで「大丈夫?」と心配される始末で、先輩から叱られた。看護師は看護師なりにしっかりと見送る必要がある。

麗華は最後、「果穂がいてくれてよかった」といってくれた。

新人の自分に何ができていたのかはわからないが、その言葉に励まされてきた。

あれから三十年ほど経った。容易《たやす》く気持ちを切り替えられる自分に疑問を抱くこともありながら、大勢の患者を見送ってきている。そしてそこに麗華も含まれようとしている。

どうにか持ちこたえてほしい。どうにもならないと呑み込んできた息は、悲しさとやるせなさに溶かしてきた。

でも今回ばかりは気持ちを収める場所がない。麗華を助けられないなら、あの日の麗華に申し訳ない。本当は助けることなんてできないのに。


今朝、則行に『奥さん、いつ連れてくるの？』とメールをした。しかし返信はない。

それを則行の姉である理子《りこ》に愚痴ったら、「あれお母さん、則行のライン知らないの？」と意外そうな返事。ラインを使っているなんて知らなかった。

「あいつ、既読スルーしがちだからね」という理子の言葉に、ラインよりメールのほうがいいのかも、と思い始める。こんな蔑ろにされるなら、既読スルーしているかどうかわからない、メールのほうがまだましだ。

患者が大変なときに、家庭のことで思い悩むのは気が引ける。

看護師になって長い。気持ちを切り替えることは難しくない。だが切り替えられる自分は冷たいのではないか。ふとそう思うときがある。

それを思うと、切り替える前――自分のことで胸を痛めている自分も、実はたいして思い悩んでいないのではないかと、妙な不安に襲われる。

7

翌日は朝から終活屋の二人がやってきて、控え室で麗華の目覚めを待っていた。

私と一緒に麗華の病室に入り朝の挨拶を済ませると、「麗華さん」と、優斗さんが声をかけた。

「麗華さん、カーテン開けてみません？　いい景色だよ」

途端に麗華の顔が曇る。

「嫌です」

「絶対に後悔させない。輝一さんとの思い出が広がっています」

「そんな魔法みたいなことできないわ。私はあなたたちにそんなことを依頼していない。私は——」

「わかっています」と、優斗が話を止める。

「でもこれまでオレたちとも楽しい時間を過ごしてきたじゃん。オレたちのことを信用してほしいです。閉じこもってる優しい世界から追い出すような真似はしない」

麗華は考え込んでいる。終活屋の二人が悪人ではないことはわかっていた。しかしそれとこれとは話が別だ。

「あの頃が広がっています。カーテンを開けてみてください——あなた自身の手で」

「——わかったわ。信用していいのね」

「もちろん」と、優斗は優しく微笑んだ。

麗華はベッドから起き上がりカーテンに寄ると、縁に手をかけてサッと引いた。そこには――。

「これって……」

口に手を当てて麗華は驚いている。

そこには――三十年前の景色が広がっていた。

変わらないのは空の色くらいで、木々も建物も今とはやや違う。

一番の違いは、スーパーの看板がなく、桜の木がかすかに先を覗かせているところだった。

離れてみたら、外の景色としか思えなかった。

私は事前に聞いて、種明かしされている。それでも一瞬信じられなかった。

それは精巧に作られた絵だった。

風景画とＡＩ補正を繰り返して窓に描かれたそうで、フォトリアリスティックという手法だそうだが、私にはさっぱりわからない。

「すごい――」

麗華の目から涙が溢れる。

私も不思議な雰囲気に包まれていた。

三十年前の風が窓から室内に入り込んできた気さえした。

驚くほど精巧だが、もちろんよく見れば絵であることはわかる。麗華もわかっているはずだ。

でも確信している。麗華にとって大切なのは過去にタイムスリップすることではなく、限りなく過去を感じさせてくれることだったのだ。

この世に魔法なんてないのなら、突き詰めた偽物に安らぐのも道理だろう。そこに優しささえ感じられればなおさらだ。

麗華は窓に触れようとしなかった。それはタネも仕掛けもあるこのサプライズをくれた、終活屋に対する敬意だろう。

麗華は目を細めてその景色を眺めると、「ありがとう」と一言、つぶやくように口にした。

言葉少ななのは、言葉にしたくないからだと思う。

――私を、輝一が死んだあの頃に閉じこめてほしい。

あの日、終活屋への依頼内容を私に告げると、麗華は「恥ずかしすぎる依頼だね」と笑った。そんなことはない。ただひたむきに純粋な思いがもの悲しくはあったが。

迫り来る死は麗華を恐怖に陥れた。そして麗華が助けを求めたのは、ホスピスでの緩和ケアではなく、三十年前に同じ思いをした輝一さんだった。

麗華は閉じこもった。あの頃――輝一さんと最後の時を過ごした一九九〇年に。

そのために今の情報を避けようとした。

しかし生きている以上それは難しい。それに麗華は、周囲に迷惑をかけてまでそうするほど我が儘ではなかった。だから終活屋を頼った。

優斗さんと翔さんは麗華の依頼を真剣に聞いた。そして元々違う病院に入院していた麗華を、先方と協力して輝一さんが最期を迎えたここへ転院させた。

それから二人は麗華の一九九〇年時点での友人となった。毎回ファッションも当時の流行を着てきていたようだ。二人とも容姿がいいのでどれも似合っていたが。

現代については何も語らなかった。携帯電話も持ち込まず、話題も三十年前以降のことは頑なに話そうとしなかった。極端なデジタルデトックスとでもいおうか。

優斗さんが持ってくる本は全て一九九〇年以前の本だった。ノルウェイの森はまだ文庫化前だったらしい。こち亀とゴルゴ13を全巻足してもまだ百五十冊くらいの時代だし、以前優斗さんがいっていたAIというのも、一九九〇年に発売したドラゴンクエストⅣのことだそうだ。AIなんて最近の話じゃないかと思い、麗華のいないところで訊いたら教えてくれた。

ただ麗華は、窓の外の景色が変わってしまったことは残念に思っていたようで、変わってしまった外の風景を見ないよう、常にカーテンを閉めていた。

あのパーティーの日、外に見えた桜が麗華と輝一さんにとって特別な景色だったことを知った二人は、在りし日の景色を、麗華に見せる方法をずっと探していたのだ。

「ありがとう、みんな――」

まるで魔法にでもかかったように、麗華は驚きと幸せに満ちた笑みを浮かべていた。

「うまくいった？」

病室の外に出ると、五十嵐さんが目を輝かせて尋ねる。サプライズがうまくいったか気になり、病院にやってきていた。柄物のジャケットを上手に着こなしている。

「バッチリだよ」と優斗さんに告げられると、五十嵐さんはうれしそうに「やったー」と喜ぶ。

「レンダリングのパラメーターを繰り返し調整して、いかに実際の風景に近付けるか。ここまでできるのは日本全国探してもそうはいないよ」

窓の絵は五十嵐さんが描いたものだ。先日、倉田さんの掃除に同行して、どうやって麗華の病室の窓に絵を描くか下見に来ていた。

何でも終活屋の二人がホストをやっていたときの常連客でイラストレーターをしており、特に翔さんを推していたらしい。

五十嵐さんは翔さんに甘えるような視線を向けた。

「翔くん、私の視界再現技術だけが、翔くんのビジュ爆発ぶりを理解できるの。翔くんのためなら何でもするから、だからホストに戻ってきて……。うちらの絆じゃん？」

「いや、俺はこの仕事で生きていくことに決めたから……」

珍しく翔さんがたじたじになっている。

「そっか。翔くんが決めたことなら、私、応援する。でも今回みたいに私にできることがあったらいつでも呼んで？　協力するよ？　お金なんていらない」

「そ、そういうわけにはいかないから……。ちゃんとお支払いします」

それを聞いた五十嵐さんは頬を膨らませる。

「何でよ？　お金でしか結ばれない関係なんて、私、嫌だよ……絆があるんだよ？」

「いや、絆とかそういうことではなく」

「もう！　曖昧なことばかりいって。優斗くんからもいってやってよ」

「はい！　きつく言いつけておきます」と、優斗さんは敬礼してみせる。

「でもこうしてホストやめてからも連絡くれるなんて、二人の絆は本当だったんだね。絆のシャンパンタワーがうれしかったのかな？」

「は、はい……」

翔さんは最後までたじたじだった。

五十嵐さんが帰った後、翔さんは優斗さんに詰め寄る。

「おい優斗……！　だから五十嵐さんに依頼するのは反対だったんだ。報酬を受け取ってもらうまで、たぶん大変だぞ……」

翔さんはそういって頭を抱えるが、優斗さんはにやにやしながら告げた。

「だって他に絵を描ける人のつてがなかったんだもん。頼むぜ翔さん。アマルガ時代からの絆じゃないか。麗華さんの喜ぶ顔が見れてよかったじゃん。あと――五十嵐さんの喜ぶ顔もさ」

「人ごとだと思いやがって。ホスト時代、振り回されまくって大変だったんだぞ。あの人、何でもかんでも絆って言葉で片付けるし、俺並みに酒強いし」

ホストにもいろいろ苦労があるらしい。

8

麗華の病室の窓の向こうに三十年前の風景が再現され、数日経った。

「終活屋さん――今日であなたたちをクビにしようかと思う」

麗華はスッキリした表情で、終活屋の二人に告げた。

二人とも目を丸くしていたが、それから同時ににやりと表情をやわらげた。察しがいい。私もすぐに麗華の意図がわかった。胸が苦しくなった。

「それは残念だなあ。無理やり押しかけてもいいかな」

優斗さんの冗談に、麗華は微笑み返す。

「そんなことしたら追い返すよ。それに口ではそんな風に強がるけど、絶対にしないのがあなたたちでしょう」

「どうかなー」と、優斗さんが両手を頭の後ろにやる。

麗華が終活屋をクビにする理由。

いよいよ麗華は、本格的に閉じこもることを決めたのだ。最期を迎えるために――。

病状はよくない。体力的にも精神的にも、さらにつらい日々が始まる。

終活屋のような明るく気のいい人たちと交流することで、そのつらさから耐える向きもあるだろう。だが麗華は世界を縮めることを選んだ。この部屋を三十年前に戻したときから、いつかこうなるとは思っていた。

そして三人は語らう。優斗さんはにこにこしている。

「麗華さんも果穂さんも、これからずっと笑い続けてくれ。毎日、毎月、毎年さ、最高の笑顔であり続けてよ。いつでも、ずっと、最高の笑顔――笑顔はまるでボジョレーヌーボーさ」

翔さんが口に手を当てて苦笑する。

「いいたいことはわかるが……。あのキャッチコピー、いじられてるの知らないのか？　大げさすぎる、理由もいわずに褒めまくってる、ただの誇大広告だ――なんてな」

「えー、またうまくいかないのかー」

優斗さんはしかめっつらで宙を見上げた。

「オレの笑顔例え、全く成功しないんだけど。いや……違う！」

急に顔を明るくさせると、思いついたように両眉をあげる。

「二人の笑顔は実際にはボジョレーヌーボーじゃないんだから、大げさでない。本当に笑顔を更新し続ければいいんだ」

「それじゃあボジョレーに例える意味がないな」

翔さんがぼそっと宣告した。

「もう駄目だ」と、優斗さんはその場に倒れ込んだ。

思わず吹き出してしまった。横を見たら麗華も笑っている。

優斗さんの例えは失敗したが、笑顔を更新し続ければいいのは確かだ。ボジョレーだって毎年甲乙《こうおつ》付けがたいから、仕方なく文句が大げさになっているのかもしれない。

見守り続けよう。

今、横で笑っている麗華の笑顔も、今までと甲乙付けがたいぐらい素敵だ。

「じゃあ、そろそろ行こうかな」

麗華を気遣って、優斗さんが切り出した。自分から別れを告げたくせに、麗華が惜しんでいるのが私にもわかった。

終活屋の二人は病室を出ていく。私も見送ることにした。

翔さんは「ゆっくり過ごしてください」と優しく微笑み、優斗さんは「ばいばーい、また会おうぜ、絶対」と大きく手を振っていた。

「うん」と麗華は頷く。

気休め程度に「またね」と返してみたり、振り切って「ありがとう」と大きく手を振ったりもせず、ただ「うん」と一言。そこに麗華の迷いが見えた。

9

病院の正面入り口を出た。優斗さんは振り返ると、惜しむように建物を見上げた。

「それじゃあ、オレたちへの依頼もここまでだな。果穂さんもいろいろ手伝ってくれてありがとう」

私も「こちらこそ」と頭を下げる。

「長年看護師やってるけど、初めての経験だったわ。麗華も楽しそうだったしよかった」

「そうそう、楽しんでた。でもそれって、結局過去を生きることができなかったってことだよね。新聞読むときの麗華さん、楽しそうだったもんな。過去の記事を読み物として面白がれるのは、今を生きているからじゃん」

そうだ。新聞なんてそうにこやかに読むものではない。だが優斗さんが図書館で過去のデータを印刷し、それっぽく仕上げた三十年前の新聞を、麗華は笑みを浮かべながら読み込んでいた。そういや『涙のキッス』を聴いたときも穏やかに笑っていたが、案外あれも昔を懐かしんでいたのかもしれない。

当たり前だが麗華は今を生きているので、当時のニュースを読むのが楽しかったのだ。テレビ欄なんて特に楽しそうだった。

他にも一九九〇年にいるはずなのに則行のことを訊いてきたり、麗華には徹底しきれない部分があった。意図的にそうしたわけではないと思う。

積み上げてきた記憶や思いが誰しもあるから、人は過去なんかには戻れないのだ。だからこそ、過去は特別なのだ。

「そういえばチロリアンのレシート、あれに日付が印刷されていたでしょ」

「ああ、あれね。失敗したよ。福岡に行ったから博多《はかた》通りもんを買って、それをお土産に持ってきたんだけど、調べたら博多通りもんは一九九三年発売だった。あわててチロリアンを買って持っていったわけさ」

とことん律儀な二人だ。お土産を持っていかなければいいし、そもそも福岡土産じゃなくてもよかったのに。でもこんなさり気ない真心が二人を頼もしい終活屋にさせている。

「麗華は自分が騙されているふりをしているってことね」

「完全には無理だけどね。でもそのお遊びが麗華さんを生かすんだよ、これからも——。果穂さん、これからの麗華さんを頼むよ。まだまだ麗華さんには楽しいことがいっぱいあるからさ、お役御免になってオレ、本気で残念なんだ」

優斗さんはそういって笑った。

「もちろん。私は担当看護師だから——」

「そして友達でもある」

間髪いれずに優斗さんが付け加える。

「二人とも、見た目はチャラいのにしっかりしてるわね」

「よくいわれるけど、別にオレ、チャラくねーし」

優斗さんが頬を膨らませる。翔さんはそれを見て苦笑する。

そうだ、看護師としての私は麗華を支え続ける一方、友達としての私はこれからを想像して臆病《おくびょう》になっている。でも見守っていく。

10

「終活屋さん、行っちゃったよ」

「うん」

「輝一さんがついているよ」

「そうだね」

病室に戻ると、やはり麗華は寂しそうだった。いわなきゃよかったと考えているだろうか。

私は麗華に昔のことを告げた。

「あのさ、輝一さんが亡くなったとき、『果穂がいてくれてよかった』って麗華が私にいってくれたの覚えてる?」

「そうだっけ。覚えてないな」と麗華は目を細める。

「でもそう思っていたのは確かだよ」

「何で？　何もできなかったのに」

「ずっと輝一と私を見てくれていたし、一緒に悲しんでくれたし。そうしたら果穂、先輩の看護師さんに怒られちゃって申し訳なかった」

そのときのことを思い出し頭をかく。

「もっとできることあったかもって思ってる？　もちろん今の果穂のほうが看護師としては立派かもしれないけど、初めから変わらない部分だってあるはずでしょ？　そっか、私は果穂に直接伝えていたんだね。伝えてなくても、同じこと思っている患者さん多いと思うよ――終活屋さん行っちゃった途端、今に戻ってきたね」

「……！」

目を開き、口を手で押さえる。思いっきり一九九〇年から今に戻って質問をしていた。

「別にいいよ。私も調子いいときだけ今に戻るし。そもそも過去になんて戻れないし」

「……言っちゃうんだ、それ」

「ルールは曖昧なほうが守りやすいんだよ」

麗華は微笑み、そしてフッと寂しげな表情を浮かべた。

「ただ私は、ちょっと気持ちが弱くなったときに、ああ今はあの頃にいるんだなって勘違いできる自分でいたいだけ。終活屋さんの徹底ぶりには本当に驚いたけど。優しいんだね、あの二人。私はもう長くないけど――」

「そんなこと言わないで」

「だって果穂も終活屋さんも、協力してくれる病院の人たちも、みんな優しくてしょうがないんだもの――あのさ」

「何？」

「私の世界はもう狭くなっていく一方だけど、果穂の世界はまだまだ広がっていくわ。でもそれは幸せなことだから、迷ったら私なんかのことを思い出して、そして狭い世界で消えていく私と比べなよ。今を大事にね」

「やめてよ。悲しくなる」

「私はまだ死なないよ。かわいそうだなんて思わないでよね。そう思うのは、誰かをかわいそうと思いたい、私のことなんか何も知らない人だけでいいよ――疲れた。少し寝ようかな」

そういって麗華は絵を一瞥した。

「幸せだな。願えばあの頃に戻れる――」

麗華は戻ったふりをする。騙せない自分を騙そうとする試みが、彼女にとっての安らぎなのだ。

生きてほしい――ずっと。

申し訳程度に「ずっと」と付け足してしまう自分が嫌になる。

私も窓に目を向けた。ベッドから見る精巧な風景画の中で輝く太陽は沈まない。青々とした葉も枯れることはない。ものすごくリアルな絵だが、絵だとわからないわけではない。たかが偽物の風景といってしまえばそれまでだ。でもそれが呼び戻す感情は本物なのだから、風景に本物も偽物もない。

こんなにも過去、今、未来が地続きだとはわからなかった。若い時分はわかっているつもりで何もわかっていなかった。

麗華は静かに目を閉じる。

そっと布団をかけてあげる。昔を思い出しているその顔は安らかで、すごくうらやましかった。

今、急に家族に会いたくなった。ひどいやつだろうか。

私はまだ、これから何かを見つけるのだ。申し訳なさが募った分、麗華に深く感謝した。

返事は来ないけど、則行にはおめでとうのメッセージを送っておくことにした。

うれしい気持ちを伝えたかった。


と思ったら、その日の退勤後、則行からメールが来ていた。

『ごめん。仕事立て込んで忘れてた、今度奥さん連れていくよ。先に写真見せておく。それとメールは忘れそうだから、ラインがいいんだけど、母さんやってるの？』

よかった。私は急いでラインのアカウントを作り、則行に友だち申請をした。

友だち、という表現が照れくさかった。

※

病院の駐車場にランボルギーニを停めると、「ひさしぶり」とケーシー姿の果穂が走り寄ってきた。「相変わらず派手ね」と車をじろじろと見る。

「派手好きなんでね――ひさしぶりです、果穂さん」

たくさん一九九〇年の話をしたからか、俺たちも三十年来の友人だったような錯覚に陥《おちい》る。

優斗が思い切った様子でいった。

「オレ、麗華さんがその後どうだか知ろうと思って来たんだ」

すると果穂は優しく微笑み、優斗に伝えた。

「麗華はまだ頑張ってるわよ、思い出の部屋で」

「えっ……。ということは」

優斗は目を丸くする。

「病状の安定が続いていてね。お二人と別れたときと変わらず、あの部屋で静かに毎日を過ごしているわ」

果穂は三階の窓を見上げた。俺たちもそれに続く。

窓は厚紙を貼ったように中が見えていない。五十嵐さんの描いた絵が貼られているからだろう。だが窓の向こうには、まだ麗華がいるのだ。

毎日を過ごしているとはいえ、進行する病状と必死で戦っているのだ。果穂や俺たちに見せた穏やかな顔付きはかりそめで、本当は一人涙を流しているのかもしれない。

それでも希望を手にして、今も生きている麗華が何だかうらやましく感じた。

優斗は一歩前に出ると、じっと窓を見上げ、大きく両手を広げた。

「そうなんだ。それはよかった……。生きてる……生きてるじゃんか！」

果穂がおかしそうな表情で教えてくれた。

「一九九〇年の話題がお互い尽きそうになっているから、二人とも記憶の底から絞り出してるわ。二人して意地を張り合っているみたい」

「何それ、最高だね」と、優斗が目を細めて振り返った。

「あまりにもエピソードがないから、もう一回水無月さんと真嶋さん呼ぼうよって冗談でいったら、麗華もまんざらでもない様子なの」

「いつでも駆けつけるぜ」と、優斗はガッツポーズをしてみせた。

「それに息子夫婦に子どもが生まれることを告げたら、見たいからどうしても連れてきてほしいって。この間検査のためにテレビがある部屋の前を通りかかったら、すごく見たそうにしていたわ」

「過去に閉じこもる話はどうなったんだよ――」

そういった優斗の声が震えている。目を向けたらまた泣き出していた。

「麗華さんにはまだまだやりたいことがたくさんあるんだ。だったらハッピーエンドを迎えるにはまだ早いよね」

俺にも理解できた気がした。過去を生きることを徹底できなかった麗華はきっと、『今』を誰よりも実感している。その尊さと、だが麗華が死を待つ状況は変わらないというやるせなさに、どうにもならない無力感を覚えた。きっと優斗もそうだろう。

優斗は両手を口に当てると、三階に向かって叫んだ。

「おーい、絶対負けるんじゃねーぞ！　いつでも今が一番楽しいぞー！」

叫び続ける優斗の後ろ姿は、まるで少年のようだった。

肩を上下させて、何度も涙をふいていた。

四話　シュレディンガーのブラックボックス

1

「バーン！」

突然、両手を挙げて優斗が叫んだ。

「な、何だよ急に」

驚く俺たちを見て優斗は満足したようだ。不敵に微笑みながら箱を手に取った。

「この箱には爆弾が仕掛けられている」

「ば、爆弾？」

再度の衝撃。口をあんぐりと開けて、ただ優斗を見つめる。

物騒な展開に戸惑うことしかできない。

2

ホスト時代から、とにかく俺は酒飲みだった。だが『一人祝勝会の真嶋』という通り名は少々心外だった。俺としてはただ盛り上がってほしかっただけだ。

今も酒はやめていない。そのため極端に朝に弱かったりする。

自宅でシャワーを浴びて目を覚ますのが俺の日課だ。終活屋になってホストより収入は下がったものの、朝のシャワーと夜の入浴は大事な時間だから金は惜しまない。

シャワーヘッドにシャンプー、入浴剤、ジェットバスと、ここだけ生活レベルが違う――のが自慢のはずだが、エスペシアに広々としたジェットバスがあるのが、正直気に入らない。無用の長物にして目の上のたんこぶなのだ。だいたいあれがあるから、優斗もだらしない格好でやってくるのではないか――。

「お前、そんな格好で来るなよ」

ほら、今日もこうだ。

パックの野菜ジュースをストローで吸いながら、スエット姿で現れた優斗をたしなめる。野菜ジュースは毎朝のルーティンだ。健康のために、申し訳程度に身体を気遣っている。

「だって眠くてさ……」と、優斗はいつもの言い訳とともに目をこする。

「近所の人が見たらどうするんだ」

「この間、家出少年と間違われて警察に連れていかれそうになった」

「馬鹿……。見た目がガキなんだから気をつけろよ。お前、もうここに住めよ」

優斗も俺も、自宅マンションはエスペシアの事務所からそう離れてはいない。

「うーん、それもありだね。翔さんも一緒に住もうよ」

「やなこった」

確かにここに住めば楽だろう。だが今でさえ、事務所まわりの掃除は全部俺がやっているのだ。ここで優斗と暮らすとなったら、家事全般が山のように膨れあがることになる。

「お前、部屋の掃除とかできないタイプだろ」

「うん。だから部屋には物を置かない。ミニマリストってやつ？　だから大丈夫だよ」

「置いたら散らかすって宣言してるようなものだぞ」

「厳しいなー」

「手伝いとかしてくれたら、一緒に暮らしてもいいけどな。できるのか？　依頼前後でも、やることはたくさんあるんだぞ」

場合によっては依頼人の前調査もあるし、依頼完了後は諸々《もろもろ》手続きもある。その辺りは全部俺の領分だった。

優斗は「やるよ」と、頬を膨らませる。

「まっすぐに嘘つくな。信じられるか、そんな寝癖《ねぐせ》つけていわれてもよ」

自分でも自信が無いのだろう、優斗はチェッと舌打ちした。

まあ俺としても、優斗は依頼に集中してくれればそれでいい。

3

ホストクラブの居抜きという構造上、エスペシアのホールには窓がない。部屋の電気を点けて、きらびやかな照明が点灯すれば一日が始まる。

バーカウンターにノートパソコンが置いてあり、俺がこれで売り上げや依頼者の管理をしている。カウンター後ろの棚には、こつこつ集めたお気に入りのボトルを置いていた。

一日の業務はメールチェックから始まる。今日は一件、変わったメールが届いていた。

「おい優斗、このメール見てくれ」

「ん？」

バスローブに濡《ぬ》れた髪で歯磨きをしながら、俺の横から優斗が画面をのぞき込む。ふわっとシャンプーのにおいがした――もう業務は開始しているのだが。

「さっさと準備してくれ。依頼人が尋ねてきたらどうするんだ……」

「まあまあ、大丈夫だよ。どれどれ――」

何が大丈夫なのかわからないが、メールは以下のような内容だった。

『終活屋エスペシア様
訳あって名乗れませんが、私は大病を患っており、そう長くはないと告げられています。そのため今身辺整理をしている最中、つまり終活をしています。あなた方のことを知り、連絡させていただきました。来月十月十五日、私の通っていた中学校の同窓会があります。私は行けないので、かつてのクラスメイトが今どうしているかを調べてきてほしいです』

死を目前にして、楽しかった時代に思いを馳《は》せているのだろうか。先日の胡桃沢麗華もそうだった。

こういった依頼を受けると、『思い出は美化される』という決まり文句に唾《つば》を吐きたくなる。本当に美しいはずの思い出が蔑ろにされている気がするからだ。

メール文はさらに続いていた。

『当時のクラスメイトと今付き合いはありません。もし依頼を引き受けていただける場合は、調査結果をデータでもらいたいです。後日にデータ授受用のURLをメールでお送りします。またこのメールに返信しても、私は確認できません。失礼ではあるのですがご寛恕《かんじょ》ください。なお同窓会の案内書面とクラスメイトのデータを、本メールに添付しています』

一つ目の添付ファイルが同窓会の案内書面だった。案内葉書を写真に撮ったものだ。

『私立城《じょう》ヶ崎《さき》中学校《ちゅうがっこう》三年A組卒業生　同窓会のご案内
拝啓　皆様いかがお過ごしでしょうか。早いもので私たちが卒業してから十五年が経ちます。このたび、同窓会を開催する運びとなりましたので、ご案内申し上げます――』

そして日時、場所、幹事の連絡先が記されており、最後に『当日飛び入り参加も大歓迎です！　お会いできるのを楽しみにしてます！』と手書きで記されていた。

卒業年度からすると依頼人は三十歳前後となり、俺とたいして変わらない。ホストというやや特殊な業界にいたからわかりにくいが、一般的な人生からしたらいろいろ変化の大きい時期なのだろう――。

ふと我に返る。

例えば依頼人のように、ネガティブな変化もありうることを一瞬だけ失念していた。誰にでも起こりうることなのに、えてして人は忘れがちだ。

もう一つの添付ファイルは、どうやら卒業アルバムを写真に撮ったもののようだった。クラスメイトの顔が並んでいるページの写真と、クラスの様々な写真が並んだページだった。体育祭や文化祭、授業の一コマなどが、生徒の笑顔とともに写っている。

姿を現さない依頼人の依頼を引き受けるにしても、肝心なことが書かれていない――と思ったら最後に書かれていた。

『怪しい依頼だと思います。いたずらだと考えるかもしれません。料金は事務所ポストに今入れておきましたので、引き受けてくださいますと幸いです』

「えー、マジか」と、歯ブラシをくわえたまま優斗がポストに行った。

そして、なかなか帰ってこない。

ようやく「本当にあったよ」と戻ってきた。手に封筒を持っている。

バスローブに濡れた髪、歯磨きをしながらポストへ。どんなご身分だ。

「あとおまんじゅうもらってきた」

エスペシアの横には老舗《しにせ》の和菓子屋があり、そこの夫婦とは仲良くさせてもらっている。顔を合わせると、こうしてお裾分《すそわ》けをしてくれたりする。

そのお返しに、例えば入院中の依頼人に持っていく見舞品を買うときなどに、ついでに夫婦の分も一緒に買って渡していた。

優斗も俺も、ホスト時代に多くのプレゼントを受け取ってきた。優斗はわからないが、俺はもらって当然と考えていたし、金額でお客様に対する態度を変えたこともあった。そんな傲慢な過去を大いに反省していて、お返しはこまめにするようにしている――とはいいつつ、今腕にはめているロレックスももらいものだ。

「今度、何か返さないとな。ちゃんとお礼いったか？」

「いったよ。オレもガキじゃないって」

思わず苦笑した。不満げな優斗ではなく、俺自身に。

どうも優斗には、こんな風に世話を焼いてしまうときがある。世話を焼きたくなるこの隙が、優斗をナンバーワンホストにしていたのだろう。

ポストにあった封筒を開けてみると、本当に札束が入っていた。

「ちょっと多すぎないか？」

俺たちが普段受け取る相場より、だいぶ多めに入っていた。まるで不足分を引き渡す手間を拒んでいるように感じた。

「今日これっきりで、もうオレたちと連絡を取るつもりはないんだろうね」

やはり優斗も同じことを思ったらしい。

「引き受けるか？　しかし回りくどい依頼だ」

優斗は少し考え込んだ後、「うん」と顔を上げた。

「依頼人が希望していることが全てさ。なぜこうするのか、理由は考えなくていいよ」

「そうだったな、悪かった。余計な勘繰りだった」

俺たちがすべきことは、依頼人の素性や隠された意図を明かすことではなく、持ち寄られた希望を叶えることだ。

「いいんだよ。それじゃあ依頼は引き受けよう」

優斗は青いバラを、そっとパソコンのディスプレイに立てかけた。淡いブルーライトが、バラの青を散らして薄くさせた。

「……とかっこつけたはいいものの、どうやって忍び込もうか？」

首をかしげる優斗に、俺は忠告する。

「さすがに元同級生として忍び込むのは無理だな……となると優斗、練習だ」

「ん？　何を？」

「給仕係のアルバイトとして忍び込もう。アマルガ時代、たいして内勤やってないだろ？」

案内によると、同窓会の会場は新宿駅から歩いて行ける場所にあるホテルの宴会場だった。当日はアルバイトスタッフも働くことになるだろう。給仕係なら歩き回るし、会話を耳に入れやすい。

最終的にはナンバーツーまで行けたものの、俺もアマルガ入店当初は内勤の手伝いをしていた。テーブルへドリンクを運んだり灰皿を交換したり、お客様のお願いに急いで買い出しに行ったり、粗相があった席の掃除をしたり、本当に何でもやった。アマルガはホストとして入店しても、しばらくは内勤の手伝いをするというルールがあったのだ。

優斗も内勤はしたのだが、太客から持ち上げられすぐさま昇格。その後もあれよあれよと売り上げを伸ばし、一瞬でナンバーワンになった。あまり泥臭い仕事はしていないはずだ。

「内勤……。あんまやっていないな。できるかな」

「やってみれば何とかなる。うっかり配膳《はいぜん》中に落としたりするなよ。落とすと——とにかく恥ずかしいんだよ。みんなから注目されるし、片付けであたふたするし」

経験を踏まえ、俺はにやりと優斗に微笑みかけた。優斗は「嫌だー」と顔を押さえる。

「先生、お願いします！」

優斗は敬礼をした。素直なところは好ましい。しかし——。

「いい加減に着替えてくれ。事務所開くぞ」

「あっ、いっけね」と、優斗はあわてて着替えに行った。


もう一度依頼メールを振り返っていた俺は、疑問を感じていた。

なぜ依頼者は素性を明かそうとしないのだろう。かつてのクラスメイトだけでなく、俺たち終活屋にまで名乗らないところに、頑なな意思を感じた。

——よくないな。こんなことばかり考えていたら、また優斗に叱られる。

スーツに着替え髪をセットしてきた優斗が、戻ってくるなり質問を投げてきた。

「ねえ、翔さん。サラさんってどこか理系の大学だったよね？」

「『ブギーアロマ』のか？　そういやそうだったな。よく小難しい教科書持ち歩いてたよ」

ブギーアロマは、アマルガの近所にあるキャバクラだ。そこのスタッフや嬢とは何となく顔見知りになるのだが、サラはそのブギーアロマで働いていた大学生だった。確か卒論執筆で忙しくなり辞めて、今は一般企業で働いているはずだ。

「確か工学とか、そういった関係を専攻していたな。それがどうかしたのか？」

「工学？　だったらラッキーだな。今回の依頼でお願いしたいことあるかもと思って。連絡先わかる？」

「わかるが……工学と同窓会に何の関係があるんだ？」

「まあ、いろいろとね」

優斗はわかりやすくしらばっくれる。こうなると絶対に教えてくれない。

「それよりアルバイトの練習させてよ。危機感を持って練習したほうが効果ありそうだから、翔さんのウイスキーでやらない？」

優斗はカウンターを指差した。大切な俺のボトルコレクションが並んでいる。

「馬鹿いうな！　落としてビンを割ったら終わりだぞ」

「だからこそ練習になるんだよ」

「絶対に駄目だ」

「ちぇっ。じゃあ冷蔵庫のペットボトルでやるか」

優斗は口を尖らせた。


それから三十分後。

「無理！　こんなの」

数本のペットボトルに囲まれ床に大の字になり、優斗はだだをこねていた。やはりこいつに内勤は務まらない。

「だからいっただろう」

ボトルで試していたら、今頃床はビンの破片とウイスキーまみれだ。

「いや、まだやる。一回気分転換にアイス食べて休憩しようか」

優斗は呑気《のんき》に冷凍庫へ向かう。さっき歯を磨いたばかりだろうが。

4

そして同窓会の日がやってきた。

会場は、区役所通りを新大久保《しんおおくぼ》方面に向かった先にある有名なホテルだった。

事務所からそう遠くないので、目的地まで歩きで向かうことにした。

まだ夕方五時だが、歌舞伎町は昼夜問わず大賑《おおにぎ》わいだ。暇そうに歩くカップルやワンカップ片手にふらつく老人、同伴出勤前のホスト。パチンコ屋の汚れたネオンにどこからか漂うすえたにおい。威勢のいい居酒屋の客引き。

雑踏の中、様々な話し声が聞こえてくる。その中には「死にそー」「死んでたわ」「死ぬかと思った」など、そんな言葉も聞こえてくる。

それを聞いた優斗は、かすかに眉をひそめる。終活屋という仕事上、気軽にその言葉を使われることが不快なのだ。そんな優斗をこっそり眺めている。

優斗の感情など知るよしもなく、通行人は俺たちに視線を寄せてくる。もっぱら注目されているのは優斗の強すぎる顔面だ。その美形は否応《いやおう》なしに人目を引く。水無月優斗が動けば歌舞伎町が動くという伝説は、まだ伝説ではなく健在なのかもしれない。

そこに一人の男性が近付いてきた。顔のあちこちピアスだらけの、小柄な若者だった。

「お兄さんたち、すごいイケメンだね。ホストに興味ある？」

スカウトのようだ。条例で禁止されているはずだが、そんなのお構いなしに夜の英雄を探す各店の戦いは続いている。ただ優斗はともかく、三十歳越えの俺にまで声をかけてくるのは、数打ちゃ当たる的な発想が見え隠れするな。

「おい、馬鹿！」

こいつの仲間だろう、そこに焦った様子の若者がやってきた。こっちは真面目な大学生のように、いたってシンプルな格好をしている。

その大学生みたいな男が、俺たちに頭を下げてきた。

「すいません、こいつまだ新人で。水無月さんと真嶋さんのこと知らないんです。おい、あのアマルガでナンバーワンとナンバーツーになった大先輩だぞ」

するとピアスだらけの男は目を丸くした。

「マジですか！　超人気ホストだったのに、いきなり辞めてよくわからない商売を始めたっていう、あの伝説の……」

「どうもー、よくわからない商売の代表でーす。伝説でーす」と、優斗がウインクする。

その後ろで、俺はピアス男を睨み付ける。こんなガキに何いわれようと、俺のことだったら気にしないが、優斗や終活屋を侮辱するような言い方は許せない。

へこへこ謝りながら去っていく二人を見送りながら、「終活屋だよ。ちゃんと覚えてくれよなー」と、優斗は口をとがらせた。

街を歩いていくと、やがて巨大な白い建物が、空に突き出ているのが見えてきた。会場のホテルだ。

たどり着いた俺たちは、建物を見上げた。

「あれ、ここって……。前にグループのパーティーやらなかったっけ？」

「あったな。あのときは今日より大きい宴会場だったが」

アマルガは系列店舗がいくつかあり、たまに合同でパーティーがあった。今と違いぎらついたホストも多かった時代だ、お互い牽制《けんせい》し合ってあまり楽しくなかった記憶がある。

「今日は一クラスだけの同窓会だから、一番小さい宴会場だ」

「どうせならデカい宴会場で働いてみたかったけどね。まあ相手にとって不足はない。やってやるぞ」

再び優斗が拳を空に掲げる。

中から出てきたワンピース姿の女性が、不思議そうに優斗を見つめている。

「あっ、お騒がせします」と俺が代わって謝ると、女性は小走りで去っていった。

「おかしなやつと思われただろ」

「いいよ別に——さあ、控えめな依頼人さんに変わって、『あの人は今』をやりますか」

優斗はパチンと、両手を合わせた。

5

まずは会場セッティングの手伝いをすることになった。すでに料理の準備はできているようで、いいにおいがしている。

宴会場を覗いてみると、広々としたフロアにテーブルが並び、それを取り囲むようにビュッフェ形式で料理が並んでいた。

一緒に働くアルバイトに挨拶をすると、まずは更衣室で着替えることになった。

給仕のアルバイトとして、うまく忍び込むことができた。

ホスト時代の後輩で、現在水商売専門の人材派遣会社を経営しているやつがいる。片桐虎太《かたぎりとらた》というやつなのだが、ダメ元で訊いてみたところ、人材派遣業界のつながりでうまくバイトに入れてくれた。

ホストクラブやキャバクラで、お客様にあったキャストをテーブルに配置する仕事を付け回しという。片桐は内勤でないにもかかわらず、お客様の性格や機嫌に適したホストを配置するのがうまく、多くの色恋のきっかけを作り出した人物だった。『キューピッド片桐』と、なぜか一人だけピン芸人みたいな通り名を付けられていた。

まあ、そのキューピッドのおかげで同窓会に忍び込めるわけだ。


ギャルソンエプロンに着替えた俺を見て、優斗は目を丸くした。

「おっ、翔さんかっこいい。足長っ」

「足が隠れてるからそう見えるだけだろ」

「百九十センチの翔さんがいうとただの嫌みだよ」

そういって優斗は、俺のエプロンをまくってみせた。

「でもオレもなかなかだろ」

優斗もエプロンを弾くと、両腕を横に広げて嬉しそうに微笑んだ。下半身をエプロンで覆《おお》うことで、華奢な上半身が際立っている。

「似合ってるよ。お前に似合わない服があるのか知らないが」

「どうだろうねー。よし、お手伝いの手を緩《ゆる》めることなく、ちゃんと情報収集しないとね」

「俺は大丈夫だよ。心配なのはお前だといっただろう」

「何とかなるよ。ここまで頑張って練習してきたんだから。ちょっと心配ではあるけどさ——」

優斗の顔がにわかに真剣みを帯びた。

「まっ、頑張ろうよ」

「そうだな」

いつものグータッチを決めると、優斗と俺はフロアへ躍り出た。


やがて本日の主役、城ヶ崎中学校三年A組の元クラスメイトたちが続々と入ってきた。「すごーい」とフロアの様子に驚きを見せたり、「ひさしぶりー」と旧友との邂逅《かいこう》に驚いたりと、各々が日常にない新鮮な感情を楽しんでいる。

アルバイト全員、挨拶で迎え入れる。照れて声が小さいアルバイトもいるが、優斗と俺はホストクラブでやっていたので慣れっこだった。

「いらっしゃいませー!」

だとしても優斗と俺の声はでかすぎた。スタッフは一様に驚いている。少し場違いだったか。

普段どんなクールに振る舞っていても、酒でのどがつぶれていても、お客様が来店されたときは入り口を向いて元気よく挨拶。それがアマルガの鉄の掟《おきて》だった。

テーブルにつく前に、みなぐるりと料理を見て、好きなものを取っていく。俺たちは料理が無くなった皿がないか入念にチェックしながら、てきぱきと対応していく。

やがて爽やかにスーツを着こなした、幹事の挨拶が始まった。学生時代も生徒会長をやるような優等生だったらしい。

「それでは乾杯！」

グラスを合わせる音があちこちで響く。ここから歓談となり、少しは楽になるだろう。そう見込んでいた。


――話が違う。

キッチンとフロアを何度も行き来しながら、俺はうんざりしていた。

アルバイトの数が足りていない。あたふた会場を回りながら、参加者の近況に聞き耳を立てていく。両手にのせた皿の上の料理を、こぼさないように動き回るのが、ここまで大変だとは思わなかった。

これでもホストをやっていた。それなりに注目は浴びてきたほうだ。うぬぼれではなく、今歩き回る俺が女性の視線を集めているのはわかる。良くも悪くも見極めは得意で、俺に興味ない相手はすぐにわかる。

そして優斗のほうはというと――。

「納得いかねー」

俺はこっそりつぶやいた。

思ったとおり優斗は口だけで、配膳がうまくいっていない。「やばーい」と叫んだり、「どうしよう」と頭を抱えたり、正規ルートなら絶対に採用されていないへたれっぷりだ。しかし「大丈夫？　持とうか？」「大変だね。ゆっくり運べばいいんじゃないの」と、まともに動けない優斗を見かねて、次々と女性客から救いの手がさしのべられている。

「ご、ごめんなさーい」

優斗は何度も拝むように頭を下げ続けているが、その仕草がまた女性にはかわいらしく映るようだ。これがナンバーワンホストとナンバーツーの差か……。

優斗の周囲にできた人だかりを横目に、俺は料理を運び続けた。

「お兄さん。パスタなくなっちゃったよ」

野郎に野太い声で頼まれ、「はい、ただいまお持ちします」と、笑みを浮かべて頭を下げた。

なぜだろう、惨《みじ》めな気分だ。

6

だが徐々に慣れてきたのと、クラスメイトが四方山話《よもやまばなし》に夢中になり食べるスピードが落ちてきたことから、情報収集がしやすくなってきた。

どのテーブルも昔話や近況報告に大盛り上がりだ。互いに中学時代の姿を、目の前の姿の奥に見ているのだろう。どこか優しげな目をしているのが印象的だ。

依頼人からもらったクラスメイトの情報は、今日までに頭に叩き込んできた。顔と名前を照らし合わせ、こっそりメモに記していく。

俺たちは事前情報を得ているから、中学時代との変化に気付ける。年を経て様変わりしていることに気付けるのが特殊なのだ。

面白いのは、変化を知るだけで好奇心が湧《わ》くところだ。愛着とまではいかないが、その一歩手前の好奇心ぐらいは感じている。

あいつは変わったな。

逆にあいつはたいして変わっていない。

外見上の変化はもちろん、それ以外の情報も知ると対象の相手が途端に立体的になる。身勝手で自己中に生きてきた俺でさえそれを面白く感じるのだから、誰にとっても他人という存在は面白いものなのだろう。

時計の針が
前にすすむと「時間」になります
後にすすむと「思い出」になります

寺山修司《てらやましゅうじ》の言葉を思い出した。何の感慨もなく記憶を遡《さかのぼ》ることは不可能だ。

こうして人の同窓会に顔を出すと、いかに人は自分自身を流れる時間に鈍感であるかわかる。誰もが時間の渦に飲まれていることに気付けない。

今この場で、各々が広げた今の生活――人生図鑑を微笑ましく聞いていた。

だがメールをくれた依頼者のように、人生図鑑を広げられない、もしくは広げたくない同級生もいるのだ。それを突きつけたら、ここに集まったクラスメイトはどう感情に落とし込むのか。そんな意地悪な疑問は胸にしまった。


人が離れた隙をついて優斗に尋ねた。

「優斗、調べているか？」

「もちろん。依頼者からもらった写真がだいぶ役に立ってるよ」

「それなりに人相は変わっているが、照合はできるな。全員は集まっていないが」

「うん、その人たちのことはしょうがないから、今いる人たちのことを調べよう」

十中八九、今日来ていない中に依頼者がいる。誰なのか探し当てたくなるが、それは依頼内容とは関係ない。

「優斗、なるべくさりげなくな。女性に囲まれて目立っていたぞ」

「そんなこといわれても」と、優斗は眉を下げる。だからその困り顔がまた――。

そこにまた声がかかる。

「すいませーん、お兄さーん」

女性の集団に呼ばれて、「はいはい、ただいま」と優斗はあわてて走っていった。

あいつに潜入捜査は無理だな。

それからもあくせく働きながら、ふと思った。

——俺のいたクラスも、同窓会をやったのだろうか。

中学三年生のときに両親が離婚して、親父に引き取られることになった俺は、急遽引っ越すことになった。最後に会えなかった友達も大勢いた。当時の中学生は携帯電話を持っておらず、誰も連絡先はわからない。つまりあのときのクラスメイトからしたら、俺は音信不通なのだ。

俺の方もクラスメイト全員の顔は思い出せない。ずっと続くと思っていた線の記憶は、とっくに点の記憶となっている。点の数も徐々に減っている。

だが目の前で懐かしさに浸っている面々を見て、とても楽しそうに見えた。家に帰ったら俺もビール片手に振り返ってみようかと、そんなことを思った。こういう機会でもないと、会うことはおろか、思い出すことさえない。

ところで優斗はどうだろう。

詳しくは知らないが、紆余曲折《うよきょくせつ》あった人生だと聞いている。あいつも学生時代のクラスメイトからしたら、影の薄い一生徒なのかもしれない。

いや、というよりは、誰もが誰かにとっては忘れた存在で、音信不通の対象ですらないのだろう。俺も忘れて忘れられている。

歌舞伎町のホスト。刹那性が前提の仕事をしていたのに、そのことを長らく忘れていた。忘れたくない存在がいることは幸せなのかもしれない。

優斗と俺にとっての、矢神《やがみ》さんと凪のように。

7

会話の合間に、今日来ていないメンバーの話題も上がっていた。

体調不良で来ることができない者、音信不通で連絡先がわからない者、仕事で海外にいて来れない者、案内葉書への返信がない者。

優斗は依頼に集中している。達観していない俺は下世話な好奇心を発揮して、不在のメンバーの中に依頼者がいるのだと、つい耳を傾けてしまう。これもカクテルパーティー効果だろうか。

幹事が各参加者を回って、近況を訊いていた。さりげなく近寄りメモに書き留めていくのだが、途中でやけに気になった。

各クラスメイトが、まるで俺たちに教えるかのように、知りたい情報を口にしてくれる。もっと雑多な会話の中、必要な情報を取捨選択する作業があるのだと思っていた。

だが聞き耳を立てていて、ようやく理由がわかった。

幹事が今日いないメンバーのために、参加者の近況をまとめたビデオレターと寄せ書きを作ろうとしているのだ。それで自然と、わかりやすい近況報告が始まっているのだ。

優斗に告げると、「それでか」と目を大きく開いた。俺と同じく疑問に思っていたらしい。

「オレたちと同じこと、ここの人たちもやっているんだね——幸せな依頼人だね」

「確かにな。となると今回はお役御免か？」

「いや、依頼時のあの様子だと、ビデオレターと寄せ書きが依頼者に渡るか不安だよ」

依頼者は案内葉書に返信をしなかった。そのことで、音信不通と見なされる可能性がある。かといって俺たちがいきなり、依頼者の知り合いを名乗っても怪しすぎるだろう。

「引き続きこっちはこっちで情報をまとめていくけど、そこにあの人たちがまとめた近況を合わせて渡すミッションに変更だね」

「あいつらが作成したものを、どうやって手に入れる？　俺たちはただのバイトだし、依頼人がどこにいるかもわからないんだぞ」

だが優斗は得意げにいった。

「どこの誰かはわかっているよ」

「え？　なぜだ？」

クラスメイトの話にヒントが隠れていたとでもいうのだろうか。

「後で説明するよ。それよりビデオレターと寄せ書きだね」

「誰か女性に声かけて協力してもらうか？」

自然とこういう策を考えつく俺は、まだホストの感覚が抜けていない愚か者だ。

優斗は首をかしげると、

「うーん、それもいいけど足ついちゃうと困るし。もう少しわかりにくい方法採ろうか」

「そもそも依頼人は、俺たちにさえ素性を明かしていない。近寄っていい相手なのか？」

「まあ、依頼人が誰だかわかれば手は打てるよ。喜んでくれたらいいけどなあ」

優斗にはいろいろ見えているようだが、俺にはさっぱりわからなかった。

同窓会の終わりには、年老いた担任の先生のスピーチがあった。

「今日はありがとう。幸いまだ生きていました」の言葉に笑い声が上がる。

「大変な面もありますが、私は教師という職業に就いてよかったと、定年退職した今思います。それは生徒の一人一人、君たちの向こうに未来を感じられるからです。言葉や行動の一つ一つにそれを感じられるのは、何にも替えがたい喜びでした」

生徒たちは頷いている。

「そして今日、久しぶりに会えた君たちの向こうにも変わらず未来を感じました。みんな三十前後か。まだまだこれからですね。自分だけの花を咲かせてください」

そう締めると、先生は照れくさそうに頭を下げた。

「先生もこれからだぞー」と誰かが声を投げて、再び笑い声があがった。

人生の終わりが見えている依頼者が、この温かい場所を見たらどう思うか。

思考をそちらに向けてみたが、肝心の依頼者の人となりがわからないため、もどかしかった。

8

同窓会から数日経った朝。事務所横に停めたランボルギーニの下に、黒猫のコスケがちょこんと寝転がっていた。のぞき込むと目を細めてこっちを見ている。

地面に膝《ひざ》をついて「おーい、コスケ」と呼ぶが、黄色い目を向けたまま全然動かない。「コスケー、コスケー」と何度も呼ぶが完全に無視だ。目は合っているのに。

どうして俺のいうことを聞いてくれないんだ……。

諦めて立ち上がろうとしたときだった。「お兄さん、何してんの？」と、朝帰りらしき酔った若い女性が笑っていた。

「酔ってる？　私と一緒じゃーん」

「ち、違う……」と弁解しようにも、野良猫のコスケに無視されていたと本当のことを告げるのも、それはそれで恥ずかしい。

そのとき、コスケが飛び出してきて、女性の足に顔をすりすりさせ始めた。

「キャー。何この子、かわいい」

とんでもないすけこましだ。コスケが憎たらしくなった。


コスケにすげなく扱われて疲れた俺は、ソファでだらっと寝そべっていた。

事務所の徒歩圏内のマンションに部屋を借りているのは、遠慮なく酒が飲めるからだった。飲酒運転をする気はないが、もしかしたら翌朝まで酒が残るかもという心配を持ったまま飲むのが嫌なのだ。

そこに優斗が入ってきた。またスエット姿だ。その手には小包があった。

「何だそれ？」

「この間の同窓会のときの動画データと寄せ書きだよ」

「どうやって手に入れたんだ？」

「依頼人を名乗って、幹事さんのメアドにオレの住所を伝えたんだよ。ここに送ってくれって。ま、住所調べられたらからくりバレちゃうけどね。そこまではしないんじゃないかな」

「どうして依頼人の正体がわかったんだ？」

「たいした話じゃないよ。依頼人は同窓会には参加していないけど、同窓会の存在自体は知っていた。つまり案内葉書は受け取ったものの、返信しなかったんだ。話を聞いていたら、該当するのは一人だけだった」

優斗は依頼メールに添付されていたクラスメイト一覧から、一人の人物を指さした。

「この人が依頼人だよ。名前さえわかれば、たぶん居場所探すのは簡単でしょ」

その人物は満面の笑みをこちらに向けていた。少しふっくらした顔つきで、頬がリンゴのように赤い。思い切り笑って目が細くなっている。

まさか十五年後、この写真の生徒に死期が訪れるとは思えない。

麻丘《あさおか》沙月《さつき》と、写真の下に名前があった。


そこに「すいませーん」と入り口のほうから声がした。

「おっ来た来た。入ってくださーい」

優斗が声をかけると、黒い髪を後ろで束《たば》ねたスーツ姿の女性がやってきた。

「何だここ……終活屋って。それより翔さん、久しぶり」

女性は顔を明るくさせると、よっと手を上げた。

「……誰だ？」

「あたしだよ、あたし。もう忘れたの？　サラだよ」

思わず目を見開いてしまった。

「サラ……！　ブギーアロマのか？　見違えたぞ。いわれないとわからないな」

「あのときはキャバ嬢なりの格好してたからね。今は会社員だし、サラなんて名前じゃないよ」

「真面目だったもんな。『リケジョのサラ』とかいって」

するとサラは眉をひそめた。

「そのアマルガ流のあだ名の付け方やめろって。それに『理系のサラ』でいいでしょ。『みんな好き男子の水無月』とか『一人祝勝会男子の真嶋』なんて言い方するの？」

「あー、その理屈で攻めてくるところは変わっていないな」

口喧嘩でサラに勝てるホストは一人もいなかった。地頭がいいのか、接客も口喧嘩も得意なやつだった。

「嫌なやつね。これ、せっかく教授に頼んで作ってもらったのに」

サラは三十センチ立方の黒い箱を手に持っている。光沢があって上部の一面が蓋となっているようだ。

「やっぱ翔さん気になった？　サラさん、本当ありがとうね」

俺の視線に気付いたのか、優斗がサラから箱を受け取り蓋を開けた。中は空だったが各面に思ったより厚みがあり、そのせいで狭い。

「サラさんの大学時代の准教授に作ってもらった。サラさん、ちょうど工学部だったからうまく話つけられたよ。同窓会のみんなが作った寄せ書きや動画データ、オレたちの調査結果は、この箱に入れて渡そう」

「特別な箱なのはわかった。それでその箱にどんな意味があるんだ？」

よく見ると、箱にはリモコンが付属するようだ。

「依頼人に会ったときに一緒に説明するよ。サラさん、今は建設会社に入ったんだけど、研究職じゃなくて営業職に配属されたんだって」

サラは「やってらんないよ」と、大きくため息をついた。

「配属のときめっちゃ逆《さか》らったのに、やりたいことをやるんじゃなくて、与えられたことをやるのが社会人だってさ。あんたらはやりたいことできてうらやましいよ」

「けっこうきついときもあるんだぜ」と、優斗が歯を見せてニッと笑う。

「わかるよ。終活屋だなんて、よくそんな仕事する度胸あるなって思うもん——じゃああたしは会社に行くね。優斗、いくらイケメンだからってその格好で歩き回るのはおかしいよ。翔さんのしつけがなってないからこうなるんだよ——またね」

サラは笑って出ていった。サバサバしたあの感じなら営業職も得意そうだが。

しかしこの黒い箱に、どんな意味があるのだろうか。

それといつ俺は、優斗のしつけまで担当することになったのだ。

9

麻丘沙月の行方はすぐに突き止められた。

今俺たちは、麻丘の自宅前まで来ている。住宅街にある一軒家だった。同窓会の葉書が届いたのだ、当時と住所は変わっていないのかもしれない。

こうして来てみたものの入院中の可能性もある。会えるかどうかは賭《か》けだった。それに気がかりなことがあった。

「優斗、そもそも麻丘沙月は、俺たちとも会いたがらないんじゃないのか?」

「会ってくれるといいんだけどね——せめてオレたちには」

何やら思わせぶりな返事とともに、優斗はインターホンを押した。しばらくして「はい」とスピーカーから声がした。優斗が声をかける。

「すいません。麻丘沙月さんはこちらにいらっしゃいますか」

「……私ですけど」

「よかった。いきなりでビビらせたらすいません。終活屋エスペシアです」

「えっ」と戸惑うような声がした。そこから返事はこない。

「急でびっくりですよね」と、優斗が話を続けた。

「実は同窓会に参加したみなさんから、麻丘さんに渡したいものがあるということで預かっています。もしオレたちと顔を合わせたくないようでしたら、玄関口に置いていくので回収してください」

「待ってください。今行きます——」

話し終わると同時に、ぷつりと通話が切れる音がした。

「よかった。箱が無駄になるところだった」と、優斗は安堵《あんど》した様子で黒い箱をなでる。

ガチャリとドアが開いて、女性が中から出てきた。

卒業アルバムの、あのにこやかな顔が出てくるのだろうと思っていた。

だが緊張気味に出てきたのは、面長で頬はこけており、どこか疲れたような様子の女性だった。別の誰かではないかとさえ思った。しかし「麻丘沙月さんですか」という優斗の質問に、「そうです」と返事があった。

卒アルとは全くの別人だ。病気の影響だろうか。

そして麻丘沙月の顔を見て、ふと思った。どこかで見たことがある。

優斗が「あー、あのときの」と目を丸くした。

「会場来てたんですね。同窓会、気になりますもんね」

麻丘沙月もまた、「お会いしましたね」と、苦笑した。

思い出した。同窓会の会場近くで、俺たちとすれ違った女性だ。

麻丘は「それにしても」と感心した様子だ。

「どうやって調べたのか詮索《せんさく》する気はないですけれど、よくここがわかりましたね」

「依頼人に成果を渡したかったので」と、優斗は例の黒い箱を掲げてみせた。

「何ですかそれ」と麻丘が尋ねるが、「まあ後で」と優斗は説明しなかった。

麻丘は「中へどうぞ。今は両親も出かけているので」と、俺たちを中へ誘導した。

リビングに案内されると、麻丘が「ごめんなさい、こんなのしかなくて」とペットボトルのお茶を出してくれた。

「同窓会、行ってきてくれたんですね。ありがとうございました。私——間質性肺炎の一種による免疫異常で、もう長くないっていわれているの」

麻丘は首をかしげて、息を吐いた。

「大変ですね。どうぞ無理はしないでください。それで――」

優斗が同窓会会場に忍び込むことになった話を始めた。麻丘も面白そうに聞いていた。

となると次は本題である、麻丘の元クラスメイトの話になるのかと思いきや――。

優斗は一向にその話を始めようとしない。

麻丘もまた、それを不思議がる様子もない。

何もわかっていない俺だけが一人、もやつきながら話を聞いている。

そして優斗は、「それで、これ」と、持ってきた黒い箱を持ち上げた。

「同窓会に参加したメンバーは、不参加の人に対しての気遣いを忘れていませんでした。それで動画データや寄せ書きを作ったんです。そこに一応、オレたちが会場で入手した情報も加えて、全部この黒い箱に入っています。どうします？　箱の中、見ますか」

「どうしようかな」

ふと、麻丘の瞳に影がよぎった気がした。

――もしかして。

何かに触れるのを、何かを知るのを恐れるような麻丘のその影から、こんな回りくどい依頼をしてきた理由を理解できたように思った。ああそういうことかと、胸をしめつけるような苦しさがあった。

優斗は優しげな目をしながら、黒い箱を掲げた。

「どっちでもいいと思う。だってどっちも正解だからね。でもたとえあんたを惑わせることになったとしても、これを渡さない選択肢はなかった」

「それで、何でそんな箱に入っているんですか？」

麻丘が質問をすると、優斗はまっすぐ麻丘を見つめた。

「箱の中を見たいなら簡単だ。鍵《かぎ》はすぐ開くから、箱を開けて中のものを取り出せばいい。中学時代の仲間が今どうしているか、麻丘さんに対してどんな思いを抱いているのかも全部わかります。ただ見たくない場合は、箱を開けなければいい」

当たり前のことをいっているようだが、麻丘にとっては大事な確認なのだろう。そして優斗が核心を突いた質問を投げる。

「でも麻丘さん、あなたは見たくないわけじゃないですよね？　回りくどい依頼をしてきたのは、かつての仲間の近況を知った自分がどう感じるか、不安だったからだ」

「…………」

麻丘は一瞬驚いていたが、やがて観念したように頷いた。

「さすが終活屋さん。そんなこともわかるんだ」

やはりそうか。麻丘の気持ちが理解できた。

「未来を見たくなかった──といったところですか」

俺の言葉に、麻丘はもう一度頷き、「そうね──」と、遠くを見て話し始めた。

「死ぬのは怖いけど、幸い穏やかに過ごせている。惜しみながらではあるけど、昔を懐かしむことも楽しんでいる。みんなに会いたいのは本当だよ。だから当日、会場まで行った。飛び込みOKって案内にあったしね。大学は行っていないし高校もあまり楽しめなくて、私にとって学生生活といったら中学時代しかなかった。でも帰ってきちゃった」

　麻丘は照れくさそうに笑った。

「その箱の中も見てみたい。でも確認したその結果、悔しくて惨めになってしまったら、残された時間、私は今よりもっとつらい思いをすることになる。それは嫌なの」

　死ねば置いていかれる。

　誰もが自分を置いていってしまう。それならせめて、誰にも触れられたくないだろう。長年付き合いがない元クラスメイトが相手なら、なおさらそう思うだろう。

　——俺が優斗に置いていかれたら。

　一瞬の想像が無限に広がっていく。無限の先を追いかけていく優斗の背中を、俺は見送ることしかできない。優斗はそんな俺に気付かない。そんな想像をしたら、麻丘の気持ちがさらに理解できた気がした。

　優斗は包み込むような優しげな目をして、麻丘に告げた。

「だからこそ麻丘さんに、この箱を用意しました。これから麻丘さんは、中を見るべきか見ざるべきかずっと迷われると思います。そして自分の本心さえわからなくなるかもしれません。だから箱の中を見る、箱の中を見ないに加えて、もう一つ別の選択肢を用意しました」

「別の選択肢？」と、麻丘は首をかしげる。

「バーン！」

　突然、両手を挙げて優斗が叫んだ。

「な、何だよ急に」

驚く俺たちを見て優斗は満足したようだ。不敵に微笑みながら箱を手に取った。

「この箱には爆弾が仕掛けられている」

「ば、爆弾？」

再度の衝撃。口をあんぐりと開けて、ただ優斗を見つめる。

物騒な展開に戸惑うことしかできない。

「まあ、爆弾ってほどたいそうなものでもないですけど。この箱に蓋をしてリモコンのボタンを押せば、中のものが粉々になるようにできています。蓋をしないと爆発しないし、箱自体も強化プラスチックでできていて、一切箱の外に影響はありません。中のものだけが木っ端《こば》みじんになります。これが第三の選択肢——箱の中が見られない、です」

どうしてそんなことを。

「単純で簡単な選択肢です。箱の中にあるものを破くなり壊すなりすればいいし、それさえも億劫なら、捨ててしまえばいいのだから。でも麻丘さん自身の手でそれができるのか。それを考えてもらうことが、箱の中を見るか見ないか、どちらを選ぶかの判断材料になるかと思いました。すいません、本当これ、たいした提案じゃないんです」

「そんなことないけど……」

麻丘は不思議そうに、黒い箱を見つめ続けた。

「どうすべきか、考えてみてください。もしこの箱はいらないとなったら、うちの事務所に送り返してください。もちろん着払いで」

優斗は箱をぽんぽんと叩き、少年のように白い歯を見せた。

残りの人生を強く生き抜くためのよりどころになるかもしれないものを、その『かもしれない』という不確実性のために、自身の手で葬り去ることができるか。

そう考えると酷な選択肢であるように思えたが、優斗は爽やかな笑顔で麻丘に伝えた。

「いつかのときにはハッピーエンドかまそうぜ。迷いなく選んだというその自信が、きっと麻丘さんをそうさせる」

麻丘は静かに頷いた。

最後に一点、気になっていたことを俺は尋ねた。

「でもどうして、俺たちにも素性を隠したんですか？」

「それは簡単さ」と、優斗が口を挟んでくる。

「翔さん、オレたちは鬱陶《うっとう》しい存在なんだ。どうも、チャラい元ホストでーす」

優斗はベロを出しておちゃらけた。でもどこか強がっているように感じた。

「そうね」と、麻丘はおかしそうに笑った。

「イケイケな人たちって聞いていたから、出会って劣等感を抱くのが嫌だった。せっかく同級生のみんなを遠ざけたのに」

「何だよそれー」と、優斗は頬を膨らませる。

なるほど、そういうことか。

ホストだった頃、理由もなく嫌ってくる人物は多かった。女に手が早い、すぐ騙す、騒がしい。そんなイメージがあるからだろうし、どれもまあ間違いではない。

そして当時の俺は、嫌ってくるやつらを馬鹿にしていた。くだらない嫉妬《しっと》だと――。

だが、今思う。元とはいえホストという肩書は鼻につくのかもしれない。いうほど華やかな仕事ではないとホストを辞めた今も思うが、実情にさしたる意味はない。俺たちみたいな人間は一生、特定の層に何となくの不愉快さをもたらし続けるのだろう。

「で、実際会ってどうだった？」

「会わなきゃよかった」

優斗の質問に、麻丘はからかうように笑った。その表情からは、そこまで嫌われてはいないように感じた。

「マジかよ、それはごめん」

真意を確かめもせず、優斗は素直に頭を下げる。変に真面目なのは、俺と同じく自分たちが不愉快な存在たり得るとわかっているのだろう。

「なんてね、嘘よ。でもそんなあなたたちだから、依頼をしたくてもできなかった人も大勢いると思う。逆もしかりだけどね」

麻丘は視線をわずかにずらした。

「死期が迫った人間って頑固だよ。一人じゃ何もできないのに、あなたたちが介入するのを躊躇《ためら》っているうちに、亡くなった人もいるんじゃないかな」

何となく、さっき麻丘がいった『嘘よ』という言葉自体、嘘である気がする。

「それは……嫌だな」

優斗が目を伏せた。これは嘘ではない。

「あなたたちはまだ生きる。だからこそ、必ずしも誰かに寄り添えるわけじゃないよ——意地悪だね、私」

「本当に意地悪だよ」

優斗はわかりやすく、ばつが悪そうに頭をかく。

俺はわかりにくく、こっそり奥歯をかみしめる。

麻丘は攻撃的になっているわけでもなく、終活屋を否定しているわけでもない。

今、麻丘も優斗も俺も、死を前にしたらどうにもならないこともあるのだと、その残酷さに打ちひしがれているだけだ。


そろそろお暇させてもらおうとしたとき、「最後にこれだけは伝えさせてよ」と、優斗は麻丘をまっすぐに見つめた。

「箱の中をどうするかはあんたの自由だ。でも同窓会に参加した人たちはみんな、あんたのことを忘れてなかったし会いたがっていた。その気持ちは汲《く》んでもいいと思うよ――」

そう言ってから優斗は、「ちょっと待て」と、また頭を抱える。

「こんなことといったら、余計あんたを追い詰めることになるのか」

優斗は拝むようにして何度も頭を下げる。

麻丘は「そうだね。でも大丈夫」と手を横に振った。そして「ありがとう」とただ一言だけ口にした。

ひょっとして俺たちは、依頼人が心底満足できる言葉なんて一度も与えられていないのかもしれない。そんなことを思った。

「もちろん箱を開けるかどうかで、あんたの気の持ちようは変わる。でもどっちも正解で、どっちも笑顔で過ごせるはずだ。箱を開ければ同級生を近くに感じて笑顔になれるし、開けなかったら今までどおり、穏やかな笑みのまま過ごすことができる。どんな笑顔になるか、箱の中を観測するまで物事の状態は確定しない。笑顔はまるでシュレディンガーの猫さ」

「どうだい翔さん」と、優斗は得意げに顔をほころばせる。

だが残念なことに、俺の知識の問屋がそうは卸さなかった。

「すまない、優斗」と俯くと、優斗は「また何かあるのか」と、肩をびくっとさせた。

「シュレディンガーの猫は、元々は量子力学における確率的な解釈を否定するための考え方だぞ」

「つまり必ずしも笑顔で過ごせるとは限らない……ですか」

麻丘はおかしそうに笑った。こんな話題に付き合ってくれて申し訳ない。

優斗は焦った様子で手をばたつかせた。

「そういう意味じゃないよ。翔さん、何で余計なことを」

俺たちのやり取りをおかしそうに聞きながら、麻丘は黒い箱を愛《いと》しむようになぞった。

「ゆっくり考えてどちらかを選びます。笑顔になれてもなれなくても、後悔はしないので大丈夫」

優斗は半泣きでうなだれていた。

「ありがとうございます。オレ、笑顔を何かに例えたいんですけど、全然うまくいかないんですよ」

「ははは、変な人」

麻丘は歯を見せて思い切り笑った。今、優斗と俺が、麻丘の素敵な笑顔を観測していることだけは間違いない。

「でも――あんたが答えを見つけたら、また会いたいな」

どこか懇願《こんがん》するような優斗の願いに、麻丘はふっと微笑むだけだった。

「笑顔でごまかされているな――あっ、それとこれは返すよ。依頼料多すぎるって」

優斗は封筒を取り出して渡した。

「別にいいのに」と、麻丘は拒もうとする。

「いいって。ホスト時代に金は山ほど稼いだから。だからこそ本当に欲しいものは金じゃ手に入らないって、死ぬほど思い知ったんだ」

優斗は依頼人の満足のことをいっているのだろう。

うっすらと諦念《ていねん》を秘めたその独白に、俺はなぜか――安心した。


麻丘宅を後にし、車を運転中、助手席で優斗がいった。

「何となくだけど麻丘さん、遠慮もしてるんじゃないかな。自分が死ぬことを恥ずかしいという気持ち、気を遣わせたくないという気持ちもあると思う」

「そんなことをためらっている時間なんてないのにな」

「うん。でも近いうちに死ぬと悟っていても、死ぬ直前までは生きているからね。学生時代の仲間に告げる近況報告が、暗い話であることが嫌なんだと思う。翔さんの言うとおり、考えなくていいことだけどね」

「なるほどな」

もやつく俺の思考を、優斗が言語化してくれている。

死に対峙する商売をしていると、今日のように時に無力さを感じる。

優斗は流れる景色を眺めていた。

「麻丘さんもいってたね。オレたちに依頼をしたくてできなかったパターンもあるんだろうな。そんなの嫌だよ。ましてや感情を押し殺して黙って死んじゃうなんてさ。終活なんて言葉、知らなくていいから終活してほしいよ。いや——もう誰も死なないでほしいよ」

終活屋とは思えない一言だ。

だがそんな呑気な言葉が吐ける優斗だからこそ、終活屋ができるのだろう。

俺はそんな優斗がうらやましい。

10

それから数日後。

事務所に荷物が届いた。差出人を見ると麻丘沙月だった。

その時点で、中に何が入っているかは明白だ。

開けてみるとやはり黒い箱で、さらにその箱の中も空だった。

麻丘は、同窓会の様子や俺たちの調査を取り出すことを選んだのだ。そして目を通すことにしたのだ。

荷物には箱と一緒に直筆の手紙が入っていた。そこには短くこう記されていた。

『ありがとうございました。自分が本当はどうしたいのか、この箱が教えてくれた気がします。終活屋さんに依頼して本当によかったです』

優斗はそれを見ると「よかった」と相好を崩した。だがその後すぐに、表情を消して俺から顔をそらした。

麻丘が答えを見つけた。それを嬉しく思う反面、間もなく麻丘にはつらい結末が待っているから、嬉しがる局面ではないのだ。

優斗が顔をそらしたのは俺からではなく、この世の全てからだった。

そして俺はというと、役目を果たさなかった黒い箱のみすぼらしさが、何だか憎たらしかった。呑気に帰ってきてんじゃねーよと思った。

まあいい。この箱は麻丘のために作られたものだ。

願わくば、麻丘が自身で選んだ選択肢が、残りの人生の頼りになることを。

優斗は静かに、「麻丘さん、どうか元気で……」とつぶやいた。

いつものようにエスペシアのソファに向かい合って座る。テーブルには今日もタンブラーグラスがある。

「それじゃあやるぞー」と、俺はウイスキーを置いた。

「早くしてくれー」と、優斗はスプーンの背でテーブルをこつこつと叩いた。

まずはウイスキーをロックで注ぎ、その上にバニラアイスをのせた。

「できたぞ――」

「いっただきまーす」

話し終わらないうちに優斗がスプーンをアイスに差し、大きくすくい取って口に含む。「うまー」と、両頬に手を当てた。

今回の依頼も無事完了だ。ただ、考えることが多い案件だった。麻丘が答えを見つけられていればいいのだが。

「結局さ」と、優斗がアイスをほおばりながらいった。話し出すトーンで、優斗も同じ気持ちだとわかった。

「今回は無力さを爆弾でごまかしただけだったよ。生き続ける人間に対する嫉妬、か。どうしたらいいかわからないね。あまり役に立てなかったかな」

「あの箱のおかげで、麻丘さんは旧友の近況を知ることを選んだ。それでいいだろ」

優斗と同時に自分にも言い聞かせている。

「そうだといいけどさ――」

今日の優斗は、バニラアイスを口にほおばる時間がいつもよりスローペースだ。その分アイスがウイスキーにたくさん溶けていく。

「飲ませてくれ」と、グラスを握ってのどに流し込む。

芳醇《ほうじゅん》でスモーキーなウイスキーの香りに濃厚なバニラの香りが溶け込んでいる。

今回の案件でかすかに感じた苦みを、濃厚な甘さで中和するかのように。

※

「そうですか、沙月のお友達ですか。わざわざありがとうございます」

仏壇の前で、麻丘沙月の母親は俺たちに深く頭を下げた。

優斗と俺も頭を下げると、仏壇に線香をあげた。

手を合わせて顔を上げると、沙月の遺影がこちらに向かって微笑んでいる。

「それ——」

優斗が仏壇の横に目を向けた。実は俺も気になっていた。

あの日同窓会で書かれていた寄せ書きが置かれ、その前には数枚の写真が飾ってあった。どれも病室の写真で、ベッドで身体を起こした麻丘を真ん中にして、数名がベッドの両サイドに立っている。どの顔も見覚えがある。同窓会に来ていた麻丘の元クラスメイトたちだった。

母親は、「ああ、それですか」と目尻にしわを寄せた。

「亡くなる少し前から、沙月の中学時代の友達が遊びに来てくれてたんです。みんなが来てくれてよっぽど嬉しかったのでしょう。体調もよくなってだいぶ楽そうでした。このまま病状も軽くなるかな……と思ったものの、そこまでうまくはいきませんでしたが」

母親は遺影に優しい笑みを向けた。

「次の同窓会は絶対に出席するって、来てくれた方みなさんにいってましたよ。もう長くないって自分でわかっていたのに」

「いや、違いますよお母さん」

優斗が寄せ書きを手にとって、優しく胸元に寄せた。

「沙月さんは本気で同窓会に行くつもりだったんです」

母親は一瞬ぽかんとしたが、やがて「そうね」と頷いた。

「そういえば沙月、変なことといってたわ。最後に友達と再会できたのは、箱のおかげだそうです。その箱がなかったら、会おうか会わないかずっと迷っていたかも。そういっていました。箱の人にありがとうを伝えたいと、何度も聞きましたよ。何のことだかわかりますか?」

「さあ、わからないですね」と、優斗はしらばっくれる。

「でもその箱が、沙月さんが穏やかに最後の時を過ごす一助となれたなら、それでいいんじゃないですかね」

優斗は仏壇に目を向けた。そしてなかなか顔を戻さない。

たぶん泣いているのだ。その顔を見られたくないのだろう。

俺は母親に告げていた。

「どんなに悲しい結末が近くても、人は希望を持てるんですね」

「ええ。私にも沙月の本当の気持ちが理解できているかわかりませんが。もし結果的にその希望は叶わなくても、希望を持たせようとしてくれたことそれ自体が、希望になるんじゃないですかね」

「そうですね」

理解できた気がしなくて、適当に返事してしまった。

しんみりとした空気が続く。

そのとき、ぐすっと鼻水をすする音がした――まさか。

「こっちこそ……ありがとう。答えを見つけてくれて……」

そしてうぇーんと、優斗は声を上げて泣き出した。やはりここでもそうなるか。

「泣きすぎだ。ハンカチ使え」

俺も学習して、きちんとハンカチを持参していた。

「ありがとう、翔さん」

涙を拭いて洟をかんでよだれをたらして、感情のままに優斗は俺のハンカチを汚し続けていた。

もうそれはいらない。優斗にあげることに決めた。

五話　幽霊は消えない

1

「凪ちゃん、お兄さんたちには幽霊が見えるんだ。今、パパは幽霊さんになってここにいるよ」

優斗は宙で、頭をなでるような仕草をした。

凪はきょとんとした表情で、優斗を見つめている。凪は覚えていないだろうが、生まれたばかりの頃、一度だけ会ったことがある。それが気付けば三歳。本当に時が経つのは早い。人が生きる時間の短さを知ってしまった気がして、今の俺には少し怖かった。

「オレは優斗お兄さん、こっちは翔お兄さんだよ」

俺はしゃがみこみ、「こんにちは」と長い髪を三つ編みにした凪の頭をなでた。凪は指をくわえて、つぶらな瞳で俺を見つめている。ピンク色のワンピースは、前に矢神さんから見せてもらった写真でも着ていた。

「お兄さんたちには凪ちゃんのパパが見えるんだ」

「パパ、そこにいるの……？」

凪は不安げに、俺たちに訊き返す。優斗は「ああ」と大きく頷く。

「残念だけど、凪ちゃんには見えないし、お話もできないんだけどね。でもお兄さんたちが代わりに、パパがいっていることを凪ちゃんに教えてあげるね。ふんふん――」

優斗は誰かの話を聞くように、耳を傾けて何度も頷く。

「パパ、また凪ちゃんに会えてうれしいってさ。ちょっと背伸びたかなっていってるよ。ひらがなは書けるようになったかな？　書けるようになったら、『不思議《ふしぎ》の国《くに》のアリス』のお人形を買ってあげるって、パパと二人で約束したよね」

「何で知ってるの……？」と、凪はつぶらな目を大きく開けた。

「それはもちろん、今パパに教えてもらったからさ。ひらがな書けたらみんなでおもちゃ買いに行こう。パパも一緒に行くよ、だって」

種明かしをすれば簡単なことで、俺たちは生前の矢神さんから、凪との約束を聞いていたのだ。

「パパ、本当にいるの……」

「うん、ここにいる。にこにこ笑って凪ちゃんを見ているよ」

「パパのお顔見たい……」

口をへの字にして泣きそうになりながら、凪はふらふらと近寄ってくる。

「ごめんね、それはできないんだ」

「どこらへんにいるの？　ここらへん？」

凪は小さな手を宙に向かって伸ばした。

「もうちょっと右……うん、そのあたりさ。凪ちゃんのすぐ目の前だよ」

優斗は凪の前あたりをぐるっと指で示した。

「パパ」

凪の顔が真っ赤になり、涙がぽろぽろとこぼれてくる。

「お顔見せて。だっこして」

一瞬、優斗の顔がわずかに歪む。

それを眺める俺の視界もにじみそうになる。泣くな、泣くな。自分にそう言い聞かせた。

「――ごめんねっていってるよ。パパは天国にいるから、凪も泣かないで強くなるんだよ、だって」

泣きじゃくっている凪は気付いていないが、優斗も俺と同じで必死に涙をこらえている。

――凪ちゃんの前では、絶対に泣かないようにしよう。オレたちは幽霊の矢神さんと一緒にいるんだから、何も悲しくない。オレたちはホスト。そして凪ちゃんはお姫様。かけがえのない時間を必死で盛り上げるんだ。

そういったのは優斗のほうだろ。自分が泣きそうになってるじゃねーか。

「また会いに来るから、泣いちゃ駄目だよ、パパがいつも見ているから……」

「パパー」

凪は抱きつくように、両手を前に投げ出している。

「パパはいつもいるよ」

涙を流さないように、優斗は顔を強張らせ続けていた。

「――パパはいつもいるから」

このままでは危ない。視線をふと横にそらした――そして余計につらくなった。

壁にはハンガーで、ベージュ色をした凪の園服がかかっている。

胸元にはチューリップの形をした名札が付けられていた。そこには『さとう　なぎ』と、力強い文字で書かれていた。一見凪が書いたように見えるが、そうではなかった。三歳ではまだ文字を書けない子も多いため、保護者が書くことになっていたそうだ。矢神さんの本名は佐藤《さとう》聡《さとし》だったが、俺たちの中では今でもずっと矢神さんのままだ。

――まいったな。字なんて書かねーよ。

そういいながら矢神さんが書いたものだった。大人の男性が書いたにしては本当に下手くそで、俺も優斗も思わず笑ってしまった。「笑うなよー」といいながら矢神さんも、「しっかし下手だなー」と、自分で笑っていた。

矢神さんがこの世からいなくなった後も、書かれた文字は残っている。下手くそとか関係ない。この文字を書ける人物はもうこの世にいないのだ。

泣きじゃくる凪の頬に指を当ててそっと拭《ぬぐ》うと、優斗は凪を優しく抱きしめた。俺も優斗も、その涙を拭うことはできても止めることはできない。

「パパのこと見えなくても、声が聞こえなくても、お話はできるから。これからいっぱいパパとお話しようね。凪ちゃんが泣いちゃって、パパも心配そうだよ」

凪は口をきゅっと結んで、一瞬涙をこらえた。

「頑張れ凪ちゃん、だってさ。パパがいってるよ」

優斗の肩に顔をのせたまま、凪はうんうんと頷いた。

「それとパパとお話できることは秘密だよ。義男《よしお》おじさんと千夏《ちなつ》おばさんにもね。そうすればお兄さんたちが、またパパを連れてくるからね」

義男おじさんと千夏おばさんというのが、凪を引き取った矢神さんの親戚だった。穏やかで優しい夫婦で、俺たちがこうして訪れることも快《こころよ》く受け入れてくれた。たった三歳でつらい運命を背負った凪だが、あの夫婦の下でなら素直に育ってくれると思う。

――矢神さん。何で死んだんだよ。

矢神さんのことを思い出す。

酒臭い身体で三歳児に会うのも気が引けて、前日は飲酒量を控えめにしていた。だがこんなやるせない思いを抱くなら、飲んでおけばよかった。酔って逃げ出しておけばよかった。

バレないように、何度も目をこすった。

2

――俺の幽霊が見えるように、凪の前で演じてくれ。

風変わりな依頼を持ち込んできたのは、先輩の矢神誠也《せいや》さんだった。

矢神さんはアマルガの元ホストで、俺たちの大先輩だった。現役時代はその豪快な話しっぷりと繊細な気遣いという二面性の使い分けから、『阿修羅《あしゅら》の矢神』と呼ばれていたらしい。働く時期はかぶっていないが、たまに遊びに来る縁で仲良くさせてもらっていた。涼しげな目と高い鼻がトレードマークで、いつも周囲を楽しませていた。

アマルガの全ホストのいい兄貴分で、歌舞伎町での立ち振る舞いやお客様との遊び方まで、いろいろ教えてもらった。医大生だったあの須戸内さんも、授業に支障がないよう矢神さんにシフトを調整してもらっていたらしい。

矢神さんはホストを辞めた後、すぐに結婚して凪が生まれた。だが結婚生活は長く続かず、奥さんとはすぐに別れることになり、矢神さんが男手一つで凪を育てることになった。その辺りの詳しい事情は教えてもらっていない。

そんな矢神さんを病魔が襲う。

病室で矢神さんが見せた力ない笑みが忘れられない。

「スキルス性胃がんだってさ。スキルスの中にキルって入ってるの、ふざけすぎだろ。殺す気まんまんじゃねーか。名前つけたやつ、性格悪いよな」

会いに行くたびに矢神さんは痩せていき、顔立ちそのものが変わっていった。また矢神さんの顔が変わっているのではという恐怖で、病室に足を踏み入れるときはいつも足がすくんだ。もしかしたらという心配を、優斗も俺もお互い言い出すことができず、いつも帰りは沈黙が続いた。

矢神さんは最後まで、凪のことだけを案じていた。

生前矢神さんは凪のために親戚に声をかけており、凪は義男おじさんと千夏おばさんの家に引き取られることになった。矢神さんによると、安心して凪を任せられる夫婦だそうだ。

――俺にもしものことがあったら。

矢神さんは常々そう口にしていたが、それが口実でないことは明らかだった。

「信用できるおじさんとおばさんだけどさ、凪は寂しいと思うんだよ。だからよ――」

ということで、優斗と俺がこの役目を引き受けることになったわけだ。

「水無月は心配ないな。真嶋、お前はたまにクールぶって愛想がないが、いってみればお前も水無月の子守みたいなものじゃねーか。だったら凪の子守もできるだろ。その調子で頼むぜ」

クールぶってとか優斗の子守とかどちらも心外だが、まあそう思われても仕方ない。優斗がアマルガに入店したときから、ずっと面倒を見てきている。

「お願いしていいか?」

矢神さんは起き上がろうとしたが、眉をひそめて、すぐに横になった。「大丈夫ですか」と近寄ると、「大丈夫なわけあるか」と微笑んだ。気丈に振る舞っているのは明らかだった。

「まったく、だらしねーよ。なあ頼むぜ。そうだな水無月と真嶋、お前らは幽霊が見える特殊能力の持ち主ってことにしよう。俺を凪のところにつれていってくれよな――俺はまだ凪のそばにいたいんだよ。お前たちが俺の幽霊を作ってくれれば、凪の中に俺がいられるんだよ」

そういった矢神さんの顔が寂しげで、たまらなかった。

「わかりました」

優斗と俺は頷いた。頷くことしかできなかった。

「まったく、死んでも大事なものなんて残すもんじゃねーな。ホストで毎日チャラチャラしてたほうがよかったよ」

「でも、そうしたら凪ちゃんには会えなかったじゃないですか」

するとと矢神さんは「あはは、絶対に嫌だなそれ」と笑った。

「世界一大事なもの見つけちまった俺は幸せなんだろうな。悪いが俺は、お前らよりも誰よりも、凪が一番大事だ。だから——死にたくねーよ」

やるせない表情で大きくため息をつき、矢神さんは天井を見上げた。

「まったく、やり残したことありすぎるんだよ。終活なめてたよ。本当何でも、気付いたときには遅すぎるんだよな」

矢神さんは「本当、何でもだよなあ」と繰り返した。

「これからも俺みたいな死に損《しぞこ》ないがいたら、がんがん助けてやれよな。特にホストなんて、夜更かしに飲みまくりやりまくりで不健康なやつだらけだ。会社員じゃないからこそ、ちゃんと健康診断受けさせたほうがいいと思うぜ。それと凪を頼む。あいつは俺に似て人見知りしないから、いきなり会いに行って大丈夫だからな——」

矢神さんは顔を歪ませながら、今度は起き上がった。「無理しないでください」と手を差し出したが、「死ぬまで無理するんだよ、俺は」と矢神さんは聞かなかった。

「いつものでで決めようぜ、ほら手出せ」

矢神さんが拳を握り手を前に出す。優斗と俺も続いた。

そして三人でグータッチをした。

矢神さんの細い腕がつらくて見ていられない。それでも触れた瞬間の体温に生命を感じた。そのときの感覚を信じていたかった。

「凪は俺の娘だ、絶対大丈夫だよ、絶対さ——」

祈るように、矢神さんは何度もそういっていた。


三人でそんな約束をした一ヵ月後、矢神さんは亡くなった。

葬式にはホスト仲間が大勢集まっていた。惚れさせることとおちゃらけることに全力を尽くすやつらだが、全員すっかりしおれていた。ホストなんて鬱陶しい連中だろうが、良くも悪くも笑ってばかりの人間が悲しむ姿を見るのはつらかった。

凪はまだ人の死がどういうことなのかわかっていないようだったが、それでも大好きな父親にもう会えないことは理解したようだった。周囲の状況からも大変な事態だと察しているらしく、遺影の前で泣いていた。その手には矢神さんにもらったミッフィーちゃんのぬいぐるみがあった。

——ホスト時代にお客様からもらったやつなんだ。凪には秘密だぜ。

いひひと笑う矢神さんの顔はまるでいたずらっ子だった。ぬいぐるみは涙を吸って毛羽立っていて、表情のないミッフィーちゃんが一緒に悲しんでいるように見えた。

そして俺の横で優斗もずっと泣いていた。

優斗はハンカチを持ってこなかったので、喪服の袖で涙と鼻水を拭い続けていた。あまりに不格好なので、仕方なく俺のハンカチを渡した。

いっても俺も優斗もまだ若い。人の死を受け止める器なんて、まだできていないのかもしれない。

優斗の肩に手を置いてやった。震えが伝わってきた。

矢神さんの遺影に目を向ける。何度もその笑顔に助けられてきた。

俺の目からも涙が止めどなく流れてきた。

優斗にそのハンカチを返してくれとはいえなかった。

3

それから優斗と俺は、定期的に凪に会いに行くようになった。

他でもない矢神さんの最後のお願いだ。仕事の都合なんかいくらでも調整した。

もちろん義男おじさんと千夏おばさんは、俺たちの幽霊ごっこのことを知っている。凪に秘密にするように伝えたのは、友達にうっかり喋ってしまわないようにするためだ。

「凪ちゃん、こんにちは」

その日も部屋に入ると、おもちゃを並べて凪が遊んでいた。今日は保育園が午前中で終わりだったようだ。

俺たちを見ると、凪は目を大きく開く。

「あっ、優斗と翔！」

凪は俺たちの姿を見ると、ちょこちょこ身体を揺らしながら走ってくる。

いつの間にか俺たちは呼び捨てで呼ばれている。矢神さんの後輩である俺たちは、凪にとっても後輩なのだ。

「凪。優斗お兄さんと翔お兄さんだよ」

義男おじさんが困った様子で眉を下げる。

「まあまあ、オレたちだけ例外ってことで」

優斗はにこっと笑った。おじさんとおばさんは嫌がるが、俺たちだけ例外的に呼び捨てありということにしている。小さい子に呼び捨てにされるのもまあ悪くない。元々俺たちはホスト。女性を立てる仕事だ。

三人で矢神さんの話ができるように、おじさんとおばさんはこっそり席を外した。

「凪ちゃん、パパはここにいるよ」

俺が手を伸ばし、宙をなでる。すると「パパー」と、凪が嬉しそうに手を振った。

「寂しくなかったかって、パパが心配している」

「凪、大丈夫。便りのないのは良《い》い便りだもん」

このことわざを凪はよく使うのだが、仕事で帰りが遅いときが多かった矢神さんが、凪に教えたらしい。少し用途が違う気がするが、それも細かいことを気にしない豪快な矢神さんらしい。

「凪ちゃん、お利口さんでえらいね。それじゃあこれ、プレゼントだ」

優斗は背中に隠していたキッズカメラを渡した。目を大きく見開くと、凪はやったーと飛び跳ねた。もちろんこれも、おじさんとおばさんから情報を仕入れていたものだ。幽霊ごっこには周囲との協力が不可欠となる。

「凪ちゃんが喜んでいるのを見て、パパも喜んでいるよ」

「パパありがとう。今日は香織《かおり》ちゃんと遊んだよ」

凪は宙に向かっておもちゃを掲げる。

「足が速い香織ちゃんだね」

友達もどんどん増えているようだ。よく出てくる友達の名前はいつの間にか覚えてしまった。まるで保護者だ。

凪は父親が幽霊となって現れたという説明を受け入れている。凪の目に矢神さんはどう映っているのか気になるが、それを確かめる勇気はない。

「パパ、だっこして。高いところがいいから翔にやってもらう」

こういうときは俺の出番だった。

かがんで後ろに手を出すと、凪は嬉しそうに背中に寄りかかってくる。足を持ち上げて一気に立ち上がると、凪は「うわー」とうれしそうに声をあげる。

凪は手を横に出して、「パパここらへんにいる?」と手を振った。

「いてて、ぺちぺち顔を叩くなって。パパ、こんな顔をしてるよ」と、優斗が顔を歪めて変な顔をしてみせた。

するときゃはは凪は笑い、さらに手を大きく振った。

「いたい、いたい、いたいってば」

優斗の迫真の演技で、凪は笑い続けていた。

「そういえばパパ、おならしてない?」

思い出したように凪がいった。

「おなら、何で?」

「よくぶーってやってた」

凪はくさそうに鼻をつまんでみせた。

あのかっこいい矢神さんも、凪の前ではひょうきんな父親だったようだ。俺たちの知らなかった矢神さんを凪は教えてくれる。

「おなら臭いからベランダに出てもらったの」

「パパ、そうしたら何て言ってた？」

優斗が尋ねると、凪は「もうしないっていった」と答えたが、その表情は疑わしげだった。

「でも保育園で陽太《ようた》くん、もういたずらしないっていってもまたして先生に怒られているから、パパもまたぶーってすると思う」

「絶対に絶対、もうしないってさ」

優斗が笑って答えるが、凪は「臭いのいやだもん」と、大きく首を横に振った。そして「まったく駄目ねー」と、呆れたような口調だ。

凪はたまにこうしてしっかりした態度を見せることがある。店ではしっかりしていた矢神さんが、家では娘にでれでれのパパだと知ったときの衝撃といったらなかった。できれば、この目でその様を見てみたかった。

遊び疲れて凪は眠ってしまった。

「遊びに来てばかりですいません」

二人で頭を下げると、義男おじさんと千夏おばさんは、いやいやと人なつっこい笑みを浮かべた。二人とも四十代くらいだろうか、柔和な目尻が夫婦でよく似ている。

「凪も喜んでますし、うちも賑やかになってうれしいです。ありがとうございます」

「凪ちゃん、どうですか」

「いい子ですよ。寂しい思いさせないようにと思っています」

「矢神さんたってのお願いですし、オレたちも協力します。四人保護者のつもりで凪ちゃんを見守っていきましょう」

「優斗、一緒に暮らしているおじさんとおばさんのほうが大変なんだぞ」

「わかってるってば」

頬を膨らませる優斗を見て、夫婦は笑った。

優斗にそう指摘したものの、俺だってわかっていないに違いない。

ここで俺たちがやっていることはホストと一緒で、つかの間の楽しみを分かち合っているだけだ。子供を引き取ることは、楽しいことばかりじゃないだろう。

隣の部屋を見てみる。

「よく寝てるなー。ねえねえ、翔さん。見てよあの姿」

「ああ。そっくりだな」

矢神さんが飲みすぎてソファにもたれている姿にそっくりだった。

起こさないよう、優斗は小さい声で凪にささやきかけた。

「凪ちゃん、パパも横で寝ているよ」

本当に矢神さんが横にいるようで、幽霊ごっこが本物になったような気がした。

「パパ……」と凪は寝言をつぶやいた。

その様を慈しむように見つめながら、

「矢神さん――逝ってしまった人の願いは叶えてあげないとね。便りのないのは良い便り……か。いいね、それ」

と、優斗は満足げに微笑んでいた。その言葉が気に入ったようだ。

4

「明日は絶対寝坊できないね」

連日慣れない仕事で疲れ気味だった俺たちは、明日の朝七時にお互い起床確認の電話をすることを約束して昨日は別れた。

そして翌日。現在、時刻は朝八時。俺はしっかり身支度を調えて、事務所のソファに座っている。新しく買ったソファは抜群に座り心地がいい。このままだらだらしていたいが、そうはいかない。

もう凪の家に出発しなければならない時間だが――優斗が来ない。七時に何度もコールしたのに、全く出なかった。もちろん優斗から俺にかけてくることもなかった。

そのときだった。

「ごめーん！」と、事務所に優斗が駆け込んできた。

「遅い！　すぐ行くぞ。遅刻厳禁って言い出したのはお前だろ」

「だってさ――」

「言い訳は車に乗ってから聞く」

とりあえずスエット姿で駆け込んでこなかったのは不幸中の幸いだ。

フォーマルな黒スーツで決めた俺たちは、凪の家へと向かった。凪とおじさんおばさんと合流して、今日はお出かけの予定があった。


「けっこう混《こ》んでるなあ」

優斗がきょろきょろと周囲を見回す。そして「はぐれないようにね」と凪の頭をぽんぽんと叩こうとして――やめた。

「せっかく綺麗にしてもらったの、崩しちゃったら悪いもんね」

凪はうん、と頷いた。慣れないワンピース姿で緊張の面持ちだ。

矢神さんの病気のこともあり、凪は七五三ができていなかった。

俺たちも呼んでもらい、五人でやってきたのは西東京市《にしとうきょうし》の田無神社《たなしじんじゃ》だ。最近ではパワースポットとしても有名な神社らしく、境内は多くの人で賑わっていた。凪と同じく七五三のお参りでやってきた家族も大勢いる。

今日の凪は元気がない――というよりは緊張している。

「凪ちゃん。ワンピースかわいいじゃないか」

普段なら優斗が褒めれば、うふふと笑って飛び跳ねそうなものだが、今日はおばさんの手を離さず、つぶらな瞳で優斗を見つめるだけだった。

三歳の七五三でよく着るような、着物の上に被布を羽織《はお》る和装ではなく、動きやすいようにワンピース姿の洋装にしたそうだ。和装は別日に写真館で撮影するらしい。

最近は洋装で神社に七五三のお参りをするケースも多いようだ。確かに周囲にもちらほら洋装の家族を見かける。

もちろん凪の意向も聞いて洋装にしたそうだが、当の本人はすっかり緊張していた。着物だったら、もっとがちがちだったかもしれない。

凪は本殿をどこか不安げに見上げている。木々に囲まれた厳粛なたたずまいや、見慣れない宮司や巫女《みこ》さんの姿にも不安を覚えるようだ。

優斗が凪にこっそり告げた。

「パパも来てるよ。おじさんとおばさんには秘密ね」

しーと人差し指を口に当ててるが、これまた頷くだけだ。

おじさんが千歳飴《ちとせあめ》を買ってきて凪に渡した。「ありがとう」と凪は受け取ると、大事そうに両手で持った。どこか縮こまったような持ち方だった。

うーん、と優斗がうなる。

「すっかり固くなっちゃってますね。こういうときこそオレたち元ホストの出番かな。翔さん、できる？」

「なかなか手強《てごわ》いな」

緊張するお客様をリラックスさせるのは、ホストに必須《ひっす》のテクニックだった。近寄りすぎず適度に距離を保《たも》つ、静かに会話を続ける、ここぞというときだけ目を合わせそれ以外は伏し目がちにする……どれも子供に通じる技術ではない。

「翔さんでも難しいか。仕方ない。伝説のナンバーワンの実力を見せてあげよう――凪ちゃん」

優斗は境内の狛犬《こまいぬ》の前に立ち、凪を呼んだ。そして「狛犬です」と石像と同じポーズを取った。

……凪は笑わなかった。優斗の顔が赤くなっていく。「奇妙なイケメンがいる」と誰かの声がした。

そのとき、まさかのキラーパスが飛んできた。

「翔さん、翔さんもやろう」

狛犬は二匹対になっている。俺もやれということらしい。

「待て、こんなに周りに人がいるのに」

「お願いだから」と、狛犬のポーズを取ったまま優斗は押し通そうとする。

覚悟を決めて、俺はもう一つの石像の横で「こ、狛犬二匹目です」と凪に告げた。

どっと参拝者の間で笑い声があがる。誰かが笑ってくれる、ホストの快感を少しだけ思い出した――結局、肝心の凪は笑わなかったのだが。

人目を気にせずに、姫だけを持ち上げるホストの術はこういうときに通用しない。いかにあの場が特殊だったたか、太陽の下で思い知った。

そのときだった。境内に一台の車が停まっているのを発見した――カフェワゴンだった。

地元の店の出張サービスで、ベーグルを売っていた。

「凪ちゃん、買ってあげるよ。もちろんおじさんおばさんの分もね。オレ、行ってくるね」

たぶんその場から逃げ去りたかったのだろう、いつになく積極的な様子で優斗が買い出しに出た。道連れにしておいてずるいな。

ちょうどベンチが空いたので、五人で座った。凪はベーグルを口にした途端、「おいしー」と笑顔になった。笑顔に柔らかさが戻ってきている。いつもの調子が出てきたようだ——ベーグルのおかげで。歌舞伎町のトップホスト二人の力では何もできなかった。

田無神社にはカプセルトイコーナーのように様々なおみくじが並ぶ一角があったので、おみくじをひくことになった。初穂料を払って、かわいらしいデザインの龍の陶器におみくじが入っている、五龍神みくじをひいた。

「あっ、やった！」

うれしそうに凪は開いた紙を見せてくる。見事に大吉だ。

こういうときはお客様を立てる意味でも、俺たちは大凶をひいてオチになるのがいい。と、ホストの思考ではそうなるのだが、凪の年齢では俺たちも大吉をひいて一緒に盛り上がるほうがいいだろう。

「優斗と翔も大吉かな」

凪はわくわくした様子でおみくじを開くのを待っている。

まずは優斗がおみくじを開いた。

「これは！」

見事に大吉だった。

「優斗やったー。凪と一緒」

「そうだな。やった、やった」

二人で飛び跳ねていた。凪が喜んでいる。やはりこっちが正解だろう。

こういうときにちゃんと結果を出す。さすが元ナンバーワンホストだ。

「で、翔さんは何なのさ」と、優斗が俺のおみくじを覗き込む。

「おっ、そうだったな。待ってろよ」

開いてみた。「マジか」と思わず声が漏れる。

猛々《たけだけ》しい筆遣いで書かれた運勢は何と――大凶だった。

「翔、かわいそう。いいこいいこしてあげる」

凪が頭を撫《な》でてくれそうだったので、頭を下げてしゃがみこんだ。小さな手が俺の頭を撫でる。

優斗が笑いをこらえているのがわかった。

もちろん凪は真剣だが、傍目《はため》から見たらたぶん情けない格好なのだろう。

一通り回った後、最後にみんなで写真を撮ることにした。石畳階段を降りたところ、青梅街《おうめかい》道《どう》に面した石造りの『一の鳥居』の下に決めた。

真ん中に凪、その両横におじさんおばさん、一番外側に優斗と俺という配置で並ぶ。

「凪ちゃん、にこっと笑って撮ろうね」

もう大丈夫だろうと思っていたが、凪の表情は再び固まっていた。また緊張の面持ちに戻っている。周りに人がいるのが気になるのだろうか。顔を真っ赤にして恥ずかしがっている。

「撮りますよ。せーの――」

撮影を頼んだ巫女さんに声をかけられたタイミングで、みなバシッと表情を決める。

真ん中の凪だけが顔を強張らせて、千歳飴を手に持っていた。

三人と別れた後、助手席の優斗が口元をほころばせながらいった。

「矢神さんにも見せたかったな。凪ちゃんの七五三」

「それどころじゃなかったからな」

「しかし今日の凪ちゃんは面白かったね」

優斗がおかしそうに思い出していた。

こうして凪と過ごす日々を楽しく振り返れるのが何よりだった。

たぶん矢神さんだったらもっと楽しい場にしているだろう。それを思うと身も引き締まる。

矢神さんと俺たちは、ホストという人を楽しませる仕事で出会ったのだ。

まるで矢神さんが肩を貸してくれているようで頼もしい。

5

その日も電話口の凪は、「早く来てー」と元気な声を聞かせてくれていた。

いつもおじさんとおばさんに事前に伺う旨を連絡してから、凪に会いに行っている。その際、電話近くに凪がいると、横から割り込んでくることが多い。

だが到着すると様子が違った。凪はふてくされてポケモンのポッチャマのぬいぐるみを抱えていた。涙を拭いたせいか前髪が濡れている。おじさんとおばさんも困った様子だ。優斗は今日のおみやげであるポケモンのソフトを持っているのだが、パッケージに記されたかわいいポケモンのイラストが場違いで悲しい。

「友達と喧嘩しちゃったみたいで」

千夏おばさんがこっそりと教えてくれた。

友達に幽霊なんていないといわれ、反論した結果、取っ組み合いの喧嘩になってしまったらしい。おばさんが向こうの親と話してその場は収まったのだが、人をぶったら駄目だよ、ちゃんと謝るんだよと叱られて機嫌を悪くしたらしい。

それを聞いた優斗は、「凪ちゃん」と元気よく声をかける。

「どうしたんだ、友達と喧嘩しちゃったのか？　これ——おみやげだよ」

ぬいぐるみを横に置くと、凪は「ありがとう」とそれを受け取った。優斗も俺も凪の喜ぶ顔が見たくておみやげを渡している面があるから、元気がないのが悲しい。

たぶん矢神さんの話になると察したのか、おばさんがさり気なく部屋から出ていった。

すると凪は、おもちゃを大事そうに抱えたまま優斗に訊いた。

「……優斗、パパはそこにいるの？」

「ああ。いつもパパと一緒におもちゃ選んでいるんだよ」

「……本当にいる？」

「どうしたの凪ちゃん、もちろんいるよ」

「だって凪には見えないから……わからないもん」

凪の顔が真っ赤になって、涙を流し始めた。

あわてて慰めようとしたが、泣き止むことはなかった。

久しぶりに凪の泣き顔を見た。以前より泣き声が小さくなった気がする。感情のままに泣きじゃくる時期は少しずつ過ぎているのだろうか。こんなときに成長を感じて、すまなく感じた。

出会ったときと違い、凪には保育園で多くの友達ができている。きっとこれから、こういうことはどんどん増えていく。

俺たちの目の届かない場所は増えていき、そして俺たちの知らないそっちの生活が、凪の中心となっていく。いや、すでにそうなっているはずだ。

喜ばしいことだが、俺たちはいつまで矢神さんとの約束を守れるのだろうか。

もう一度優斗が声をかけた。

「凪ちゃんは、パパのこと他の人に内緒にしているだろ？　それと一緒で、お友達も本当は幽霊とお話ししているけど、それを他の人に内緒にしているから、幽霊はいないっていったんだよ」

この年頃の子には、どう説明すればいいか難しい。否応なしに断定するのも乱暴だし、無理矢理説明しようと思えば回りくどくなる。今の優斗の説明にも、優斗自身が納得いっていないのがわかった。

凪は頷きながら、「パパ、何ていってるの？」と訊いてきた。

「幽霊ならここにいるぞって手を振ってるよ。だから凪ちゃん、元気出してってさ」

すると凪は寂しげに手を伸ばした。

「パパ……会いたいな」

寄る辺なく宙を見上げる様に、やるせなくてたまらない気分になる。

そのとき、凪の口から思いがけない言葉が出てきた。

「優斗と翔じゃなくて、おじさんとおばさんにお願いしたらパパに会わせてくれるかな」

優斗と俺は、思わず顔を見合わせた。今までの凪にはなかった視点だ。

この一言だけで、おじさんとおばさんが愛情を持って凪に接しているのがわかる。凪はおじさんとおばさんに対し、今まで以上に信頼を寄せ始めているのだ。

なぜだろう、寂しい気分もあった。身勝手な感情であることはわかっている。

「パパが見えるのはお兄さんたちだけなんだ。おじさんとおばさんに教えると、パパ来れなくなっちゃうよ」

たぶん俺と同じことを思っているのだろう。まるで脅すようなこじつけ方が後ろめたいのか、優斗は目を細めていた。

「パパ、あまり凪が悲しそうだと、おならしちゃうぞっていってるよ」

優斗の渾身《こんしん》のアドリブは不発だった。凪は頷くだけで笑ってくれなかった。

「凪ちゃん、前にパパと行った公園に、今日はお兄さんたちと行ってみよう」

今日の目的はこれだった。俺たちは凪を連れて、矢神さんと凪がよく二人で遊びに行ったという、八王子《はちおうじ》の富士見台公園《ふじみだいこうえん》へ向かった。ランボルギーニは二人乗りなので、おじさんのカローラを借りた。

八王子インターを下りて三十分ほど走ると、自然に囲まれた広大な公園が見えてくる。平日だというのに駐車場には多くの車が停まっていた。

車から降りて園の北側に向かって歩いていくと、広々とした芝の斜面が見えてくる。矢神さんから話を聞いていた場所で、よく段ボールでここを滑《すべ》って遊んでいたらしい。

「どうだい、凪ちゃん。ここ知ってるだろ?」

優斗に訊かれると、凪は頷き、「ここ知ってるー」と嬉しそうに芝生を駆け上がり始めた。俺たちも慌てて追いかける。

寝転がったり、走り回ったり、芝生を滑ったり、思い思いに遊ぶ人たちの姿が見える。一面の緑が清々《すがすが》しい気分にさせる。

上がってきた斜面を見ながら、凪は飛び跳ねた。

「凪、ここでパパと段ボール使って芝生を滑った。パパも知ってるでしょ?」

優斗は矢神さんに話を聞く振りをして、「覚えてるってさ」と頷く。

「パパ、こけたのに笑って変だったよ。凪が一人で滑ったときも、あわてて追いかけてきてこけてた」

凪はけらけらと笑う。矢神さんはけがをしないか心配だったのだろう。その様を思い浮かべて微笑ましくなった。

「あと、パパが滑ろうとする前で凪が通せんぼしたときもこけてたし」

「意地悪されたって、パパが文句いってるよ」

咄嗟のアドリブを優斗が口にした。

「違うよ、パパが悪いんだもん。お花があったのに、その上を滑ろうとしたから」

「それは悪かったよ、だって」

「パパ、天国でもお花さん大事にしなきゃ駄目だよ」

「はーい、だってさ――ねえ凪ちゃん、段ボールあるよ。これで滑ろうよ」

優斗は段ボールを持ってきていた。

「えー、やったー。それじゃあ凪、優斗、翔の順ね」

段ボールを地面に敷いて、その上に縦一列で並ぶ。

「凪ちゃん、準備はいい？」

「いいよー」

「よし、じゃあスタートだ」

優斗が芝生を後ろに蹴《け》って、段ボールはすーっと滑り出した。

「すごーい」と、前から凪の喜ぶ声がする。

滑っている時間はほんの数秒だが、この風を矢神さんと凪も一緒に感じていたのかと考えたら、時間の流れるスピードがゆっくりに思えた。今のこの瞬間を少しでも長く感じたい。その気持ちがそう感じさせるのかもしれない。

滑り終えると凪は立ち上がり、「もう一回やろう」とすぐさま上に走り出した。

「翔さん、これ長くなりそうだよ」

「だな」と苦笑する。

「何してるの、早く」と凪に手招きされ、俺たちはあわてて再度芝生を上がった。

そしてまた同じように滑ると、やはりといったところか、凪が「もう一回」と言い出した。

芝生を上がるのは大変なはずなのに、「よいしょ」と凪は上がっていく。

「遅いよ二人とも、早く」とまた急《せ》かされる。

案の定、何度も滑らされた。

意外に腰が痛い。足も疲れてきた。

「凪ちゃん。一回休まないか……」

息をきらせながら訊いてみると、「えー、じゃあ一人で滑る」と、凪は段ボールの上に座った。

「一人じゃ危ないって」

「大丈夫だよ。じゃあパパと一緒に滑る。パパはそこにいる？」

優斗が宙に向かい手を振る。

「いるよ。スピード出しすぎちゃ駄目だよって」

「じゃあ段ボールに座ってよ――座った？」

うまく凪に言いくるめられ、優斗は「パパ、凪ちゃんの後ろに座ったよ」と答えてしまった。

「それじゃあ平気だね――うわっ」

平気じゃないスピードで、凪は下に滑り降りていく。

「だからいったのに！」

俺と優斗は慌てて坂を駆け下り、そのまま勢いに歯止めがきかず――二人で転げ落ちた。

「きゃはは！　何やってんの二人とも」

無事下まで滑り終えた凪が、おかしそうに俺たちを見ていた。

今の俺たちみたいに、矢神さんも凪を心配したのだろう。そしてその結果、思い切りこけた。

矢神さんと同じことをしたのが、それを凪が笑ってくれたのが、何だか嬉しかった。

優斗と顔を見合わせて笑った。

次に俺たちは、空を覆うように桜が咲き誇る史跡広場周囲を散歩した。

満開まではもう数日必要そうだが、ピンク色の花びらが風で小刻みに震え、さらさらと清涼感のある音を鳴らす。

「凪ちゃん、桜すごいね」と、優斗が上を指差した。

「うん、綺麗」

凪も頷いた。機嫌を直してくれたらしい。

さっきから家族連れと何度もすれ違う。そこには「パパー」という声とともに、子供の相手をしている父親の姿も多くあった。

そっと凪を見下ろした。少し寂しげな様子で家族連れを見つめている。おばさんがやってくれたのだろう、綺麗な三つ編みにリボンが付いている。

ふと俺のスラックスの裾を見ると、滑ったときについた芝がぱらぱらとある中に、一枚だけ桜の花びらがあった。手にとって空に掲げてみる。いつの間にか夕方近くになっていて、オレンジがかった日が花びらを透かしていた。

――『桜の木の精って男なんだって』。

吉田秋生《よしだあきみ》の『櫻の園《さくらのその》』で印象に残っている台詞だ。女子校が舞台の物語だが、クラスメイトからそれを告げられた登場人物は、驚いて桜の木から遠ざかる。

桜の花が咲く中を、矢神さんのことを思い出しながらこうして凪と話していると、まるで矢神さんが本当に桜の木の精となって、俺たちのことを見てくれているような気がして、さっきから何度もきょろきょろしてしまう。

「翔、どうしたの？」

凪が不思議そうに俺の顔を見上げる。

「……桜が咲いているのが嬉しいのか、パパがあちこち歩き回るんだ」

咄嗟にそう答えた。

「変なの、パパ」と、凪は呆れた顔を見せた。

――華やかさの後の静けさのような、もの悲しさに襲われた。

優斗が凪に向かって手を差し出した。

「パパとは手をつなげないから、オレたちとつなごうか」

凪は優斗と俺を交互に見上げると、うんと頷く。

優斗と俺で凪を挟むようにして、三人で手をつないで歩いた。

凪の柔らかい手が、もの悲しさから俺を救った。

だんだんと、こうして遊ぶ時間もなくなっていく。そしてどんどん俺たちに対する興味もなくなっていく。優斗はそのときが訪れるのが怖くて、おもちゃで釣っているのかもしれない。

凪が嬉しそうに、つないだ両手を大きく上下に振った。強がりでそうしている気がした。気のせいであることを願った。

「ねえ、車まで走ろうよ」

突然凪が走り出した。「おっとっと」と、俺たちも慌てて走り出す。

「ちょっと凪ちゃん速いって」

優斗の声に聞く耳を持たず、凪は走り続ける。

小さなお姫様においていかれないよう、夕日の中を一生懸命走った。

以前に比べて、明らかに足が速くなっている。

ことあるごとに凪の成長を実感する。


「おじさん、おばさん、ただいまー！」

帰ってくると、凪はすっと俺たちから手を離し、おじさんとおばさんに駆け寄っていく。俺たちとどうやって遊んだのか、芝生を滑ったり手をつないで歩いたことを、楽しそうに話している。おじさんとおばさんも嬉しそうに聞いている。

両手を頭の後ろで組みながら、優斗は顔をほころばせた。

「いい人に引き取られてよかったよね」

「本当だな」

そして優斗は、俺の顔を見上げた。ふっきれたような笑みだった。

「ねえ翔さん、俺たちの役目、いつか終わっちゃうかな」

「かもしれないな」

それはたぶん、矢神さんの役目も終わることなのだ。

6

おじさんとおばさんから、仕事の都合で福岡に引っ越しすることを告げられた。さすがに気軽に訪ねられる場所ではない。そして——。

決意を秘めたようなさっぱりした表情で、おじさんは優斗と俺に告げた。

「凪も新しい環境で新しい思いで育っていってほしいですし。どうですか、ここで一度、定期的に来ていただくのは終わりにするというのは。お二人が来てくれれば凪は喜びますし、気持ちは嬉しいのですが。それに凪もやがて——」

おじさんが何を言いたいかはわかったから、優斗が先に口にした。

「そうですよね。幽霊なんて嘘っぱちでとっくに矢神さんはいないことを、いつかは凪ちゃんも知るんですよね。凪ちゃんが大きくなっていくのは嬉しいけど、矢神さんの幽霊のことはずっと信じていてほしいけど——それは俺のエゴか」

おじさんは悲しげに、でも優しげに笑みを浮かべた。

「それができないのはお二人が一番よくわかっているのでは？　終活屋というお仕事をされているお二人が」

「そうかもしれませんね——いや、まったくそのとおりですよ」

優斗は悔しそうに唇を噛んだ。死の先に何もないことをわかっているから、俺たちは終活屋をしている。

「でも、そのときが来てもいいんじゃないですかね」と、おじさんは表情をやわらげる。

「いつかわかる日が来るのだとしたら、そのときに凪は、あなたたちの優しさを知るのだと思います。それでいいじゃないですか」

だとしたら嬉しい。凪は本当に素敵な人に引き取られた。おじさんとおばさんの存在で、凪も俺たちも、人の素晴らしさを知る。

だが矢神さんが遠くに行ってしまうのは怖かった。

なぜなら矢神さんはもういない。


凪の準備ができたので、俺たちは再び田無神社へやってきた。

「凪ちゃん、前にここに来たの覚えてる？」

「うん。ベーグル食べた。あとここで写真撮ったよね」

凪は一の鳥居を見上げた。空を見上げるその瞳は、キラキラと輝いている。

「前と同じポーズで写真を撮ろうか。凪ちゃん、できるかな」

優斗が近くの人に声をかけてスマホを渡す。

真ん中に凪、その左右におじさんとおばさん、一番外に俺と優斗。前と同じ並び方だ。

「凪ちゃん。思い切り笑ってね」

優斗が声をかける。

「はいちーず」

お兄さんの声とともにシャッター音が鳴る。

「助かりました。ありがとう。どれどれ……」

五人で写真をのぞき込む。

凪は顔の強張りもなく、にこっとした笑顔で真ん中に立っていた。

お利口さんになったので今回は着物だ。蝶《ちょう》をあしらった白い四つ身の着物で、帯にしごきも付けていて、華やかさと大人っぽさを感じる。前より千歳飴が小さくなったように見えるが、実際は凪が大きくなっているのだ。

矢神さんの病状もあり、凪は三歳のとき七五三ができなかった。女の子の七五三が三歳と七歳というのはあくまでも一般的なことだそうなので、五歳と七歳でお祝いしようとおじさんとおばさんが決めた。

「こうしてみると、凪ちゃん大きくなったなあ」

「もっと大きくなるかな。翔くらいでっかくなるかな」

凪はまん丸な目で俺を見上げた。

「どうだろうな。でっかくなるかどうか、お兄さんたちは凪ちゃんのこと見ていたいな」

優斗はにこりと笑みをこぼした。

五歳のときにはできなかったことが、七歳のときにはできている。

緊張していたあのときはあのときで微笑ましかったが、立派になった今の凪を見られるのは感慨深い。

7

「こら、凪。部屋散らかしてるでしょ。ちゃんと片付けなきゃ駄目よ」

千夏おばさんに注意されると、凪は「たまたま散らかってたの」と言い訳した。最後の七五三を終えて、いつもの服装に戻っている。

「凪ちゃんもそんなことというようになったか」

優斗と俺は顔を見合わせて、思わず笑ってしまった。

「学校で変な言い訳覚えてばかりで」

千夏おばさんが困った様子で、小さくため息をついた。

凪の部屋の床にはおもちゃと一緒に、ランドセルと通学帽も散らばっていた。凪は一つずつそれを手に取ると、まだ新しい学習机の椅子にそれらを置いた。

「凪ちゃん。お勉強頑張ってるんだね」

優斗にほめられると、凪はうれしそうに「うん、これ見て。すごいでしょ」と一枚のプリントを見せてきた。国語のテストで百点を取っていた。

「すごいね。お兄さんは勉強苦手だからすごいなー」

すると凪は「いっぱいお勉強してるよ」と、ランドセルから何冊もの教科書を取り出した。

「えらいなー」と優斗に頭をなでられた凪は、くすぐったそうに微笑んだ。

小学生となった凪は、日々成長を続けている。

あの日、凪は父親の死という悲劇に直面した。

まだ、たった三歳だった。

保育園に入る直前のことで、園服などの用意も済ませて、後は入園式を待つだけだった。矢神さんは結局、凪が保育園で友達とかけずり回る姿を見ることはできなかった。

矢神さんの遺《のこ》した言葉に従い、ただのホストだった優斗と俺は凪に会いに行くようになった。億劫だったはずが、成長を見られる喜びがすぐに勝《まさ》った。会えるのが楽しみになっていた。

凪はすくすくと成長を続け、ついにこの春は保育園を卒園し、小学生となった。

本当にあっという間だ。思い出は限りなくある。

四歳。幽霊の矢神さんを介して、俺たちと凪との仲はぐんと深まった。矢神さんは凪の前でおならをするという、矢神さんの意外な一面まで知った。

五歳。七五三のとき、緊張して最初はいつもの笑顔を見せてくれなかったが、だんだんといつもの凪になっていった。おみくじを引いたら、凪と優斗は大吉で俺だけ大凶だったが、凪の成長を見ていられる俺たちはみんな大吉だ。

六歳。保育園を卒園して小学校入学までの春休みの間、三人――いや、四人か――で富士見台公園に行って芝生を滑り、桜の木の下を手をつないで歩いた。矢神さんと凪が一緒に感じた風を、俺たちも感じられたと思う。

七歳。もう一度七五三を迎えた今日の凪は、五歳のときとはうって変わってしっかりとしていた。

そして今、凪の人生はまた大きく変わろうとしている。これからもずっと変わり続けるだろう。

変わったのは凪だけではない。凪が五歳のときに優斗はホストを辞めて終活屋を開業。俺もそれについていくことにした。

優斗はなぜ終活屋を始めたのか。詳しくは知らない。

だが矢神さんの死も、理由の一つではあると思う。

いつか優斗に訊いてみたい気もするが、訊く必要はない気もする。

――終活なめてたよ。

矢神さんの言葉を思い出す。凪の成長を見ていくにつれて、その言葉を強く感じるようになる。それほどに凪が成長する様は輝かしい。

こんなにも時が経つのは早いのか。

どうか凪の放つ輝きの、たった一粒さえも見落とさないように。そんな甘ったれた感覚に、ずっとしがみついていたい。

「凪ちゃん、また来るね」と、優斗が手を振る。

俺たちは帰ることにする。今日の目的は凪の七五三をお祝いすることだった。無事に終えることができてよかった。

「あっ、またねー」と、凪も手を振り返す。

感慨なさげなその表情に、「ちょっとは悲しんでくれよ」と、優斗がしかめっ面をする。すると凪は、「だって便りのないのは良い便りだし」と言い返してくる。

こんな素っ気《そけ》なささえも凪の成長の表れなのだろうが、寂しいのは嘘ではない。子を持つ親の感覚を、凪にたくさん教えてもらっている。

「それいわれたら何も返せないって。ずるいなあ」

唇を尖らせる優斗を見て、おじさんとおばさんは相好を崩す。

みんなが笑うから、凪もにこっと笑う。

――笑顔はまるで凪のことだ。優斗のことだ。おじさんおばさんのことだ。

毎回変な例えをしては失敗している優斗を見て、俺はそんなことを思う。

だが告げることはしない。照れもあるし、それ以上にたぶん俺は、こいつらの笑顔がまぶしくて直視できてないから。


ランボルギーニに乗って歌舞伎町へ戻る。

何だろうか、忘れていることがあるような――。

「あっ」

思わず声が出た。

「どうしたの、翔さん」

助手席の優斗がこっちを振り向く。

「矢神さんのこと忘れていた」

「げっ、確かに。やば」

優斗も眉にしわを寄せ頭を抱えた。

何ということだろう。矢神さんの幽霊ありきで俺たちは凪に会いに行っていたのに、俺たちも凪も、矢神さんのことを忘れていた。

尋常じゃない後ろめたさに打ちひしがれていたら、優斗が寂しげに笑ってつぶやいた。

「ま、こういうこと……なんだよね」

赤信号で車が止まる。優斗の言葉の余韻が車内を包んだ。

8

車が走り出すと同時に、優斗も話し始めた。

「凪ちゃんの前でオレたちは演技を続けている。どんなに思いを尽くしているつもりでも、いつかそれが義務になって機械的になってしまう。防ぐ方法なんてあるのかな——って、自分で忘れておいて、何をしんみりしているんだオレは」

優斗は苦笑しながら、がくりとうなだれた。

「しょうがないだろ。凪まで忘れていたじゃないか」

「それだよね、矢神さんが亡くなったばかりのときに感じた、穴が空いたようなあの喪失感はもう誰の胸にもない。時間って本当に何でも解決するんだね」

「不服なのか？　くよくよしてばかりはいられないだろ。俺たちはどうすればよかったんだ」

「どうなんだろう——やっぱり嫌だね、人が死ぬのって」

優斗は寂しげに宙を見上げた。

矢神さんが遠くなっていく。離れているのは矢神さんではなく、俺たちのほうだ。

ふと思いついた言い訳を、優斗にも告げてみた。

「だったら思い出すために凪に会いに行く。そう考えたらどうだ？」

「思い出すために？」

優斗は目を丸くする。

「そうだ。矢神さんの遺した言葉を、じゃないぞ。喪失感をなくし、決まり事だからと凪に会っていた恩知らずな自分自身を思い出すためだ。自分を許せないなら、戒《いまし》めるしかないだろ。そして今日矢神さんのことを忘れたような、間違った自分を思い知るんだ。そのとき、矢神さんは何度でも鮮明に現れる――ったく回りくどいな。でも優斗がそうするなら付き合うぜ」

優斗は夜空を見上げた。国道沿いに並ぶ店舗が放つ明かりが、優斗の大きな瞳に映る。

言葉を重ねて伝えた。

「忘れていくのは誰でも一緒だ――それこそ凪でさえ。義務化してしまう行動を思いだけでつなぎ止める。そんなこと、俺たちはできるのか？」

優斗が突然、うおーと両手を上げる。

「できるに決まってるだろ！　翔さん、やろうぜ――」

運転席の俺に拳が差し出される。

「しょうがねえな。運転中だろうが」

コツンと拳を合わせた。

俺が横を向けない分、優斗の視線により力がこもっているような気がした。

ふと思いついたように、優斗が話し始めた。

「そういや矢神さんは、この幽霊ごっこの終わりは考えていたのかな」

「そんな先のこと考える人じゃなかっただろ」

「確かにそうだ」と、優斗は空に向かって笑い声を上げる。

「でも必ずいつかは終わるんだよね。終わりを見つけられないことで知ることもきっとあるさ。オレたちがただの嘘つきだって、凪ちゃんはいつか気付く。そしてオレたちは軽蔑《けいべつ》される。その様は見届けようよ」

——そのときに凪は、あなたたちの優しさを知るのだと思います。

おじさんはそういってくれた。はたして凪はどちらを選ぶだろう。

「福岡なんて近いよ。会いに行ける場所なら、近いんだよ」

優斗は凪に会いに行くのをやめないつもりだ。もちろん俺も同じだった。

「ああ、近いな」

俺たちのこれからが決まった。

9

こうして結局、俺たちは今も三ヵ月に一度、福岡へ行っている。

義務的に行っているだけではないか、単に止めるタイミングがないだけではないか、そんな数々の不安を抱きながら。

会うたびに凪は成長している。

もしかしたら、もう幽霊なんていないと思っているのかもしれない。

それでも優斗は凪に会うと、開口一番「パパを連れてきたよ」と律儀に告げる。おみやげもたくさん持っていく。凪に告げられるのを恐れて、優斗は優斗で必死に矢神さんの幽霊を築き上げているのかもしれない。

あの日矢神さんから告げられた願いを、いつ終えればいいのかはわからないが、できるところまで続けばいい。

優斗は「パパは幽霊だから福岡までの切符代がかからない」とか、余計なネタを加える。まるでネタを一つ増やせば、幽霊ごっこを続ける理由も一つ増えると思い込んでいるように。

そして凪もまた、「パパ、来てくれてありがとう」と宙に向かって手を振り返す。もう慣れたものだ。

だが嬉しそうに駆け寄ってくれる、成長していくその姿を見ることができるなら。

――矢神さん。俺たちも凪も元気でやっています。終活屋なんて変わったことをやっています。

幽霊もあの世も信じていない俺だが、たまに矢神さんがすぐそばにいてくれる気がして、小さく心の中で声をかける。「しょうがねーやつらだな」とぼやく矢神さんが脳裏をよぎる。

いつか凪は全てを知る。そう遠くはない未来だ。

そのときが来たとしても、たぶん日常は変わらない。

――俺の幽霊が見えるように、凪の前で演じてくれ。

まだ優斗が終活屋を始める前、俺たちが初めて引き受けた依頼は難度最上級のレアケースだ。

何しろ依頼人の矢神さんが亡くなっても依頼は続いている。

だからいつ終わるかわからない。
そのことに戸惑いはあるが、終わってほしくない気持ちもある。
矢神さんはどこにもいない。
どんなに目をこらしても、矢神さんの幽霊は見えない。
だから幽霊は消えない。
消えようがない。

六話　チャラい終活屋

1

寝坊で優斗が来るのが遅くなるらしい。

こういうとき、いつもなら案件管理など事務作業の時間に当てるのだが、今日は乗り気にならない。

俺は一人、事務所のソファに座っていた。革張りなのでひんやりと心地よい。

テーブルの上には、麻丘沙月が使わなかった黒い箱があった。

静かにそれを眺めている。

もう一時間ぐらいだろうか、ずっとこうしている。

心を乱しうるものは、この箱に入れてリモコンのスイッチを押せば破壊できる。選択肢を減らすことで得られる平穏もあるということか。露骨に、そして大胆に平穏を得られる道具——

優斗も面白いことを考える。

今、箱の中には何も入れていない。

蓋を閉じて俺は――スイッチを押した。

ドン。意外に小さな音だった。

蓋を開けると焦げ臭《こ》いにおいがして、中は真っ黒になっていた。

これでもうこの箱は使えない。

あとはスイッチを押してしまったことを優斗にどう言い訳するか。それだけを考えておけばいい。うっかり押してしまった、ぐらいでいいか。

この箱の存在が疎ましかった。優斗には申し訳ないが。

音に驚いたのか、フロア入り口からコスケがこっちを眺めている。

すっかりランボルギーニに居着いたので、ついに飼い始めることにした。終活屋エスペシアの新しい仲間だ。その証《あかし》として、首に金色の鈴と赤いリボンを付けた。

「ごめんよ、驚かせちゃったな――こっち来るか」

指を動かしておびき寄せようとするが、コスケは来ない。

飼い主になったとはいえ、やはり野郎の俺には興味ないのか。それとも俺の顔が強張っているのか。

「おーい、俺は怖くないぞ」

珍しく近寄ってきた。顎《あご》をなでてやると気持ちよさそうに目を細める。

猫は死ぬ前に姿を消す。そんな話を思い出した。

飼い主を悲しませないための配慮か。もしくはどこに逃げても意味はないのに、死から逃れようとする弱虫さの表れか。

「コスケ、お前はどっちだ?」

問いかけても、コスケは首をかしげるだけだった。シャランと鈴が鳴った。

2

「何か騒がしいな。桃沢《ももざわ》さんの家、もう近くだよね」

優斗が前方へ目を向ける。閑静な住宅街を俺たちは歩いている。

今回の依頼人である桃沢健太郎《けんたろう》の家は、西武池袋線《せいぶいけぶくろせん》のひばりヶ丘《おか》駅から、バスで十五分ほどの場所となる。近くのパーキングに青いランボルギーニを置き、歩きで目的地へ向かっているところだった。

前方で狭い道を塞ぐようにタクシーが停まり、運転手が外で気怠そうに煙草《たばこ》を吸っている。そのタクシーの横を通ろうとしたとき、「あれ、ここが目的の場所みたいだね」と、優斗が表札を見つめた。『桃沢』と書いてあった。

家の中から忙しそうに、荷物を持った中年の女性が出てきた。五十代くらいだろうか、その顔は疲れ切っている。優斗が「すいません」と話しかけた。

「お急ぎのところ少しだけ。ここ、桃沢健太郎さんの家ですよね」

「そうですけど、あなたたちは……?」

女性は訝《いぶか》しげな表情を見せる。

「今日、桃沢健太郎さんと会う約束をしていて」

「お父さんと？　あなたたちみたいな若い人が？」

女性は目を丸くした。終活屋との関《かか》わりを家族に知らせない依頼人は多い。

こういったときによく使う口実で、優斗は答えた。

「オレたち、街頭インタビューでいろいろな人にお話を伺う活動をしているんですけど、あらためて桃沢さんに話を聞かせてもらうってことになってて」

話を伺った後で希望を叶えるという、終活屋の本分については黙っている。

「そうなのね。お父さん、話し好きであちこちの人に声をかけるんだから。でもごめんなさい。せっかく来てもらって悪いけど、お父さん、今朝体調が悪化して亡くなったの」

思わず優斗と目を見合わせる。

――しまった。咄嗟にそう思った。

優斗の目から光が消えていく。泣き出しそうな、すがりつくような、そんな悲しげな目だった。

「今から病院行くところで。本当ごめんなさい、急いでいて」

女性は俺たちに頭を下げると、タクシー運転手に「お待たせしました」と告げて、後部座席に乗り込んだ。

タクシーの中から俺たちに向けて、すまなそうな表情で拝むように手を合わせていた。事態が事態だけに、無下にせざるを得なかったのは十分にわかった。

エンジン音がして、タクシーは走り去っていった。

――マズいな。いつかはこんな日が来るかと思っていた。

いつかは、と思うときは往々にして突然訪れる。どんなに心の準備をしていたつもりでも無意味なほどに突然だ。そしてそれに伴うやるせなさや苦々しさに慣れることはない。

さりげなく横の優斗を一瞥する。

優斗はまだ呆然とした表情で、タクシーを見送っていた。

「仕方ない。こんなこともある」

優斗の肩に手を置いて、できるだけ自然に言葉をかける。

「そうだよね」と、優斗は力なく返事する。手をのせた肩がわずかに落ちた。

何もできずに帰ることになった。

帰りの車中でも、優斗は外の風景を眺めたままで一言もしゃべらなかった。

俺も黙って運転した。いつもは気持ちいいウラカンのエンジン音も、今日は気まずい間を持たせるだけに響いているように感じた。内心俺は焦っていた。

いつのまにか、優斗は手に青いバラを持っていた。

所在なさげに花びらを指でなぞっていた。


エスペシアに戻っても、優斗はソファに深く座り、心ここにあらずといった表情で宙を見つめている。さすがに見かねて声をかける。

「優斗、元気ないぞ。依頼人のことは気の毒だったが、誰もがいつかは死ぬ。桃沢さんも余命宣告を受けていただろう？」

優斗はこくりと頷くだけだった。

案の定響いていない。そう簡単には受け入れられないだろう。

桃沢とは病院の控え室で出会った。終活屋の名刺にいたく興味を示し、その場で今度話を聞かせてほしいと依頼を受けていた。

八十歳という年齢にしては足取りもしっかりしていたし、大きな身体ではきはき話す表情も健康的だったが、予断を許さない状況と医者にいわれていたそうだ。

そこで俺たちも早めに予定を調整し、約束の日が今日だった。しかし――。

その後、何を話しかけても、優斗の返事は歯切れが悪かった。

3

後日、エスペシアに連絡があった。

それは桃沢の娘からで、荷物を片付けたところ『終活屋』という不思議な名刺を見つけ、どういうことかと連絡してきたらしい。名刺は桃沢の机の目立つ位置にあり、最近交流していたのではと気になったそうだ。

俺たちは再度、ひばりが丘の桃沢宅へと向かった。

先日の場所に到着し、「ご連絡いただいた終活屋エスペシアですが」とインターホンに声をかけると、ガチャリとドアが開いた。

中から出てきたのは、先日会った女性だった。

「あれ、あなたたち……」と、女性は目を丸くしていた。

俺たちは応接間に通された。桃沢の写真がテーブルの上に置かれている。

「この間は来てもらったのにごめんなさい。終活屋っていうから、もっと地味な人が来るかと思っていたわ」

お茶を淹れながら、女性は不思議そうに首をかしげた。

女性は桃沢健太郎の一人娘で、恵美《えみ》といった。健太郎はすでに妻を亡くしており、この家には一人で暮らしていたそうだ。今は恵美や子どもたちが訪れては、遺品整理などしているらしい。そこでエスペシアの名刺も見つけたそうだ。

優斗が終活屋の仕事について簡単に説明した。

「もう長くないと考えた健太郎さんは、オレたちに依頼を――」

すると恵美は、悔やむように目を細めた。

「それなら教えてくれればよかったのに。私たちとの同居も気を遣ったのか断られたし、最後まで何かと遠慮がちな人だったわ――お父さん、あなたたちにどんな依頼を?」

「それを聞くつもりで時間をいただいていたのが、お父さんが亡くなったあの日だったのです。聞いておけばよかった」

優斗もまた、悔やむように顔を歪めた。

あのときこうしておけばよかったとか後の祭りとか、そういった言葉を嫌う優斗がこういうのだ、やはり応えているらしい。エスペシアの開業以来、俺が全部カバーしてきたが、ついに綻《ほころ》びが生じた。だがここまでうまくいっていたのが奇跡だったのだ。

「そっか、わからないのね」

「何かヒントとなるようなことありませんかね？　こうしてご縁があったことだし、桃沢さんの最後の願いを知りたいです」

「そういいましてもね。まあ何かと気が多い趣味人であったのは確かだけど……お父さんの部屋行ってみます？」

恵美は別の部屋へ俺たちを案内した。


その部屋は狭いものの、旅行先のお土産や文庫本、古びた人形など、いろいろなものでごった返していた。部屋には性格や生き方が如実に出る。桃沢と会ったのは一度きりだったが、こうして故人の部屋に入らせてもらうだけで、桃沢という人物の輪郭《りんかく》がはっきりする。

恵美が思い出したようにいった。

「そういえばお父さん、毎年みどり公園で開く花火大会を楽しみにしてたんだけど、今年の花火大会は見られなかったって、すごく残念がっていたわ。もしかしたらお二人への依頼は、花火大会を開いてほしいだったかもしれない――そんなの無理か」

すぐに否定する恵美に対し、「全然無理じゃないよ」と優斗は答えた。

「花火大会開催か、めちゃめちゃ面白そうですね。ついでにこれも面白いなー。どういう意味だろ」

優斗はいつの間にか手に便せんを持っていた。直筆で書かれたものだった。

そこにはこう書かれていた。

『終活屋という二人組に出会った。謎《なぞ》が多いが、人生という打ち上げ花火の最後の一発を、より迫力のある一発に仕立て上げてくれそうで、非常に興味深い。今年は花火を見られなかった。艶《あで》やかに上がり儚く散る花火を人に例えるなら、終活屋は腕のいい花火師といったところか。今度話を聞いてみたい』

「このノートに挟まっていたよ」

優斗は一冊の大ぶりなノートを手に取った。

桃沢によるものだろう、中には絵の具で、いくつも花火の絵が描かれている。

しかしおかしなことに、どこを開いても花火はページ上部に一つ描かれているだけで、下部は大きく余白が取られている。

優斗が表情をやわらげた。

「桃沢さんはオレたちの話を聞きたがっていた。たぶん余白の部分には、オレたちから聞いた話の内容を書こうとしてたんじゃないかな。花火一つにつき、一エピソードってところかな」

「どうしてわかるんだ?」

俺が訊くと、「こういうことさ」と、優斗は一番最後のページを開いた。

——なるほど、こういうことか。

最後のページは上部に花火の絵がなく、代わりに下部に文章が書かれていた。

『桃沢健太郎。終活屋の仕事の数々をここに記す。死が近付き鬱屈《うっくつ》する日々を乗り越えるため、先人の死に様を、終活屋の戯《たわむ》れをお借りしたい。一つ一つの逸話を時に涙し、時に笑い、己が死を迎え入れていきたい。それこそが私の終活。以上、桃沢健太郎の終活これにて完了なり』

上部には薄く鉛筆で丸が書かれ、その脇に小さく今年の西暦も書かれている。

何となくわかった。

桃沢は今年の花火を見て、ここにそれを描くつもりだったのだろう。

俺たちの話を聞き、そのエピソードをページ下部に記す。終活屋の話は誰かの人生のエピソードとなるから、それを花火になぞらえる。桃沢の目的はこれだったのだ。

恵美は目を細めて、父親の遺したノートを眺めていた。

「お父さんは絵や文章を書くのが好きでした。あなたたちの仕事そのものに興味を持ったのでしょう。でも伺った話を記して、何の意味があるんですかね」

優しげな目をしながら、優斗は恵美に伝えた。

「以前、ある方から亡くなった父親のことを調べてほしい、何かエピソードがあったら知りたいという依頼を受けました。死を迎えるにあたり、父親のことを急に知りたくなったそうです。どうして急にそんな心境になったのでしょうか」

優斗は一呼吸置いた。

「その方はいっていました。死に際する思いは誰とも共有できなくてそれが怖ろしい。誰とも手を取り合えないなら、せめて同じ思いをしたであろう故人からその片鱗を感じたい。それは失礼で情に欠けることかもしれないが、父親だったら多少は遠慮なくその対象にできると。自身の死について誰かに告げても、双方向に通じ合うことはできず、お互い一方向の思いが相手に届くだけだともいっていました。オレもある意味真理だと思います。だから同じ人の同じエピソードでも、存命人物のものと故人のものとでは意味合いが違ってきます。きっと誰もが臆病な共犯者同士で、互いに後ろめたさを抱きながら、故人を利用して自分の死もまた惨めで孤独ではないと納得したいのかもしれません。故人のエピソードは、死を迎えるにあたって励ましとなるんです。桃沢さんもこのノートを完成させることで、死の恐怖に立ち向かうつもりだったのでしょう。協力できなくて残念だ」

歴史上の人物から芸能人まで、有名人の死に際を羅列して記した山田風太郎《やまだふうたろう》の『人間臨終《にんげんりんじゅう》図鑑《ずかん》』は、しばしば人に勇気を与える書として紹介される。少し前にも、多くのドラマに出演している若い女優が記者会見で触れていた。

桃沢は俺たちの話を聞き、自分だけの『人間臨終図鑑』を作ろうとしたのだ。

「そうなのね。でも完成させることなく逝っちゃったわね」

恵美は薄く笑いながら、小さくため息をついた。

優斗はノートに優しく触れると、「でも——オレたちも嬉しいです」と静かにつぶやいた。

「健太郎さんは終活屋の仕事自体を、自身の終活にしようとしてくれたってことですかね？　だとしたら嬉しいですよ。オレたちにできることなんて微々たることなのに、本当にそう思っていてくれたのなら——」

本当にとか、思っていてくれたのならとか、そんな仮定は必要ない。一切の仮定なしに他人と交流することはできないのだから。

桃沢は俺たちに興味を持ってくれた、それだけでいいだろう——とは思うのだが、とことん依頼人の遺志を尊重する優斗はそれができない。まったく頑固でいじらしい。

「よし」と、優斗が快活な声を出した。

「このノート、完成させよう。まあプライバシーもあるし、そっくりそのまま終活屋の仕事内容を伝えるわけにはいかないんだけどさ。あと花火大会もめっちゃ大々的に開催しよう。恵美さん、決まったら連絡しますね」

「そんな、もうお父さん亡くなったからいいですよ」と、恵美は手を横に振る。

「そんなの関係ないよ。桃沢さん喜ばせるぞー」と、優斗は話を聞かない。

俺にはわかった。いつもより優斗の笑顔が固い。桃沢の死を直接知ってしまった今の優斗は、強がる必要があるのだ。

恵美は困った様子ながら、「ありがとうございます。お父さんも喜ぶわ」と笑みを浮かべた。

「いいえ、桃沢さんを喜ばせられるように、これからオレたちが頑張るんです」

そう応えた優斗のいいぶりに、反発するようなニュアンスを感じた。桃沢の遺志を尊重したいという考えに囚《とら》われすぎている。

――だがもういいだろう。

エスペシア開業から変わらずにいたもの。

それを変えなければならないときが来た。

4

「優斗、いいか」

ハンドルを握りながら、俺は話しかける。

「ん？」と、優斗はあどけない表情でこちらを向く。

運転中でよかった。まっすぐに目線を合わせずに済む。優斗の心の脆《もろ》い部分に触れるには、これぐらいの距離感がよかった。

「お前を咎《とが》める人間なんて誰もいない。そろそろいいんじゃないか。依頼人を最後まで見守っても」

一瞬横を向いて目を合わせた。優斗の目は大きく見開いていた。

「恐ろしいのはわかる。でも依頼人からお前へ、感謝を言伝《ことづて》されることも多くてな。伝えられないのは忍びないし、それ以上にお前が感謝の言葉を知らずにいるのが、俺は悔しいんだ」

優斗は小さく息を吐いて前を向き、「別にいいよ」とつぶやいた。口調にわずかに投げやりな印象がある。そう返ってくるのは想像がついていた。

「もらった言葉を糧にして、これからも多くの人の願いを叶えていけばいいじゃないか。それは絶対に自己満足じゃない。そんなことといったら人はみな、自己満足という身勝手さだけで生きていることになるぞ——」

「誰かが死んでしまったときも、それを糧にするべきなのかな」

遮るように優斗が口にした。鋭い視線を向けられる。運転中であることを自分への口実にして、前を向いたまま気付かないふりをする。

「嫌なんだよ、オレは。誰かの不幸を利用して前に進んだ気になるのが、成長した気になるのが」

——そうじゃないだろ。

「利用じゃない。お前はそんな卑しいやつじゃない。そうではなくて、去っていった者たちが遺した言葉は受け止めるべきだ。そう考えたらどうだ？」

まだ優斗は頭を縦に振らない。

優斗の中で依頼人は、いつまでも生きている。

依頼をやり遂げた後、「またいつか会える」という希望を胸に依頼者と別れ、優斗はその後のことを一切知ろうとしない。

人の死期は推し量れず、余命数ヵ月のはずが何年も生きたりその逆もある。終活屋として出会った依頼人が、その後長年生きることもある。

そのため依頼人の生死を知ることがない限り、また会える可能性を心に残しておくことができる。優斗はその可能性がゼロになるのを、意地でも嫌がるのだ。

——便りのないのは良い便り。

今思えば、矢神さんから凪に継がれたこの言葉が、優斗はお気に入りだった。

——人はどうせ死ぬんだ、だったらマジのハッピーエンドかまそーぜ。

こんなことをいいながら、優斗はそのハッピーエンドの訪れを遠い先のことだと考えている。

ホスト時代に同伴やアフターをしなかったのも、似たような理由だったのかもしれない。結局ホストは、来店されたお客様につかの間の幸せを与えることしかできないのだ。互いにそれを前提とした関係であるべきなのに、優斗はそれがつらかったのかもしれない。

終活屋という仕事をするには、あまりに無謀なスタンスだ。これまで奇跡的にうまくやってきた。依頼完了後の遺族への説明や請求面での調整など、事後処理は俺が全部一人でやっている。依頼人の葬儀に出ることもあるが、それも俺の役目だ。優斗が喪服に袖を通す機会はほとんどない。

元ナンバーワンホスト。すれ違った人が振り返る端正な顔立ち。いい意味での軽薄さと無邪気さ。適当に生きてもどうにでもなる才能を持ちながら、優斗の一面はあまりにも真摯《しんし》で真面目だ。

それはチャラい外見からは程遠い。本人もチャラいといわれるのは嫌なようだが、それは軽薄と思われたくないというよりは、自己分析がそうではないからだろう。

優斗はチャラい終活屋ではない。

むしろ真面目で臆病すぎる。

「優斗。人の死から何か感じることは、決して悪いことではない」

そう告げたものの、言い切るのは難しいかもしれない。どんなに言葉をこねくり回そうとも、独善の恐れは拭えないからだ。だが伝えたかった。

優斗は口を尖らせて外を眺めている。ここまで伝えたら、もう止められない。

「今度、依頼人のその後を知りに行こう。終活屋のお前がどんな結果を導いたのか気になるだろ」

「でも忙しいし」

もっとましな言い訳はないのか。

「素直じゃないな。最後まで受け止めろ。確かにお前が導いたハッピーエンドは依頼人だけのものだ。だが依頼人自身、お前に伝えたいことがあったんだぞ。それを受け止めるところまでが終活になるんじゃないのか？　お前が悪くいわれることなんてない。まあ、ふざけすぎだとか不謹慎だとか、そういうお叱りをいただくことはあるがな。それも感謝の裏返しだろうよ。本音は知りたいんだろ、みんな好きの水無月くん」

「嫌な言い方するなあ――」

それから優斗の言葉は続かなかった。

「もっと嫌になりたくなかったら行くぞ。よし、次の休みに決まりだ」

強引に連れていくことにした。

5

そして優斗は、最近の依頼人のその後を知っていった。

光岡貞江が、二人の子どもが徐々に関係を取り戻すことを確信してこの世を去っていったこと。

橋場博が口では文句をいいながら、息子の天馬に店を継がせたこと。

胡桃沢麗華が、今もなお引き続き止まった時間の中を生きていること。

麻丘沙月が中学生時代の同級生たちと再会し、穏やかな最後を過ごせたこと。

そしてみな優斗に対して、感謝の気持ちを持っていること――。

それを知らずに、優斗が終活屋を続けるのが俺は悔しかった。

だからこれでいいのだと思う。

まあ、想像以上に優斗が泣きじゃくるのには困ったが――。


「どうだった」

すっかり暗くなった帰りの運転の車中、俺は優斗に訊いてみた。

まだ戸惑いはあるようだが、優斗はそれでも清々しい表情で、「うれしいよ。感謝してもらえるのは」と噛みしめるようにいった。

「それはよかった。今お前の胸にある思いを、自己満足だなんてちゃかすやつがいたら、俺がぶちのめす」

「ありがとう。珍しく熱いね、翔さん」と、優斗は歯を見せて笑う。

「油断するなよ、優斗。お前がお前自身をちゃかす可能性もあるからな」

「げっ、勘弁してよ。また新しい気持ちで頑張るからさ。桃沢さんのための花火大会ももうすぐだね——派手にかますよ」

優斗は気持ちよさそうに風を浴びている。花火大会の準備は着実に進んでいた。

偽葬式だったりイヤモニだったり、徹底した時代管理だったり黒い箱だったり、優斗がわざと大がかりな仕掛けを考えるのには、理由があると思っている。ホストをするくらいだから元々派手好き、といってしまえばそれまでだが、たぶん優斗は大げさにすることでいつでも悪者、道化者として退場することを望んでいるのだ。

終活屋の仕事は、依頼人とその周囲の関係者との関係を取り持つことが多い。そこに『終活屋さんはいい人だった』的な感想は不要なのだ。自分を許せないという感情もあるのだろう。

「花火、やってやるぜー」

気持ちよさそうに、優斗は両手を掲げた。風を受けて前髪が上がり額がむき出しだ。

はしゃぐ優斗を微笑ましく思うと同時に、心の奥底の冷たく重い何かを意識する。

流れる風景が空しくなって、その何かは――少しだけ、優斗を憎んでいる。
たぶん本当に俺が見たかったのは、こういう優斗ではなかった。
今までどおり自分自身を許さず、人の生き死にに脅《おび》えたままでいてほしかった。
でも俺の都合だけを重視するには、優斗は人々に多くのものをもたらし続けていた。
夜は世界の輪郭を不明瞭《ふめいりょう》にするから、余計に想像が働いてしまう。
――すごいんだよ、お前。
だからまだ俺に良心が残っているうちに、優斗を解き放つことにした。
ごめんな、優斗。
俺は醜《みにく》い人間だ。

6

数日後、俺は須戸内クリニックにいた。
須戸内さんは険《けわ》しい表情をしている。俺の検査結果に目を通しているのだ。
「結果はどうですか」
返事が来ない。気怠い気分で室内を見回す。
デスクの上の時計の秒針が動くのを、ぼうと眺めていた。
ようやく読み終えたのか、須戸内さんは検査結果から目を離し――俺をにらみ付けた。

「真嶋」

「どうした――」

言い終わる前に須戸内さんは綺麗な長髪を舞わせながら立ち上がり、俺の胸ぐらを掴《つか》んでいた。華奢なくせに馬鹿力だ。俺を苗字で呼ぶのは、須戸内さんが心底怒っている証拠だった。

「おい、てめー」

俺はせせら笑いで須戸内さんを見つめる。

「何だよ、医者が暴力はまずいだろ」

「真嶋。お前、生活態度変えてないだろ。前より明らかに悪化しているぞ。散々忠告しただろ。このままだと命危ういって」

「待て、ちゃんと気遣ってるって。野菜ジュース飲んでるしな」

「ふざけるな。どうして自ら死期を早める？ お前は予断を許さない状況なんだぞ」

真剣な眼差《まなざ》しで詰め寄る須戸内さんを、俺は薄く笑って迎えていた。

病気に蝕《むしば》まれたがらくたみたいな自分の身体も、そんながらくたに本気で怒ってくれる須戸内さんのことも、小馬鹿にする以外に気の納め方がわからない。

「おい、もう一度忠告するぜ。身体に負担がかかるような真似は絶対にするな。特に飲酒は絶対に禁止だ」

「どうだろうな。須戸内さん、頼むぜ。優斗には黙っていてくれよな。死に損ないの終活屋なんてダサすぎる」

須戸内さんは俺を突き放して椅子に座らせると、冷たい目で俺を見下ろす。

「斜に構えてるだけのお前は、とっくにダサすぎるんだよ」

——痛いとこ突きやがって。

返す言葉がなくて、笑ってごまかした。

「とにかく優斗にいったら、あんたといえども許さない」

「病人がいきるなよ。喧嘩で片を付けるか？　そんなことしてもお前の身体はよくならない。いいか真嶋。フィンク、キューブラー・ロス、ションツ、デーケン……」

「何だよそれ、魔法の呪文《じゅもん》か？」

「ちげーよ。難病などの危機に陥った人が辿《たど》るプロセスには何段階かあってな。それを危機モデルと呼ぶ。今のは危機モデルを提唱した学者の名前だ」

「それがどうしたんだよ？」

意図がわからない。須戸内さんは座っている俺に目線を合わせた。

「学者ごとに段階の分け方は違うがな、おおむね初めは衝撃、混乱、ショックから始まり、直《じき》に現実逃避や否認など防御的退行といったプロセスへ移行する。わかるか？　今のお前だよ。お前のふて腐れた態度なんてな、一般的な患者が執る行動でしかないんだよ。斜に構えた自分は特別だと思ってないか？　この大馬鹿野郎が」

——ふざけんなよ。

声にならなかった。頭に血が上り、自然と歯ぎしりしていた。

自分だけ特別でいるつもりはなかった——本当か？

体調の異変には全く気付かなかった。

やけに胸焼けするなと、たまに思うぐらいだった。

溢れる以前もコップには水が注がれ続けているように、前兆はあったのだが違和感で済ませていた。人の何倍も飲酒してきた。妙な胸のむかつきは、年のせいだと思っていた。ホスト時代の勲章ぐらいに考えていた。

体調が心配になったのではなく、今までみたいにうまい酒が飲みたいという理由で須戸内さんに見てもらったところ、返事は真剣だった。アルコール性肝硬変から肝臓がんに進行しているらしい。

そのとき、須戸内さんが拳をすっと差し出した。アマルガ伝統、グータッチの合図だ。

「約束しろ、真面目に治療に取り組むと。お前が死んだら、優斗も俺も悲しいんだよ」

――死んだら？　仮定じゃなくて、俺はどうせ死ぬんじゃないのか？

たぶん須戸内さんも気付いていない。

死の恐怖に、ふてくされた態度で相対した。諦めという感情はあっという間に身体を蝕んだ。だが諦めた先に別の感情があるとは思わなかった――。

拳を握り、そして迷った。

須戸内さんと拳を合わせたら、見透かされてしまいそうな気がした。

何もいわずに須戸内さんは拳を出し続けている。

だがその手を下ろすと、「頑固なやつだ」と、ため息をついて頭をかいた。

「おい、今からいうことはただの気の迷いだ。恨みたきゃ恨め。お前らを否定する気は全くない。ただふてくされたてめーには、伝えなきゃ気が済まない――こんなこといいたくないけどな。ましてや俺は医者だし」

須戸内さんはジッと俺を見て、その言葉を口にした。


「――――」


それを聞いて唇を噛んだ。衝撃で視界が歪み、耳鳴りがした。

「助かる可能性があるならそこに全ベットしろ。それにお前、矢神さんの娘にも悲しい思いさせていいのか？」

突かれうる痛いところはたくさんある。たくさんありすぎて投げ捨てたくなってしまう。これもまた、医学的には想定しうる思考なのだろうか。

「何泣きそうになってんだよ。お前みたいな弱虫、見たことない」

やはり須戸内さんは全てお見通しだった。今俺は、目の奥が焼け付くように熱かった。

7

諦めの先にあったのは、自分と同じ人間を知りたいという感情だ。誰かが死の恐怖に脅える様を見たかった。共感されるのではなく、無神経に共感したかった。軽蔑に値する自分は開き直るべきだと、いつも言い訳を胸に秘めていた。

もちろん終活屋としての依頼を受けている最中もそうだった。しかし誰もが、自分なりの答えをみつけていた。それが悔しかった。

光岡貞江は優斗に対し、『あなたは死が怖くて、誰かの死が悔しくてたまらないのね』と告げた。お前もだろとまるで責め立てるように、俺は貞江に意趣返しを試みた。

しかし貞江は、子どもたちと過ごす残された時間を楽しみにしていた。絶望の中に光を見つけて、そのまま穏やかにこの世を去った。

橋場博は、俺と同じく死を控えて意固地になっていた。こういう人物こそ、内心は恐怖と後悔がいっぱいで、それを隠すために捻《ひね》くれた態度を取り続ける。俺と同じだ。だから聞き出したかった。その絶望に満ちた胸のうちを。

しかし博は一向に口にせず、ようやく素直になっても死の恐怖ではなく、息子の天馬との関係性を悔やむだけだった。そしてその天馬と手を取り合い、最後の時間を送った。

胡桃沢麗華は、先に逝った夫と過ごした時間に閉じこもることで、どんな運命をも受け入れていた。あの病室のパーティーの日、俺は麗華が全く脅えていないことを確信した。そんな麗華がうらやましくて、その場にいられず病室を退出してしまった。一人病院の外で、死の恐怖に脅えて震えていた。

麻丘沙月は俺と同じく、若くして人生を終えようとしていた。俺は図々《ずうずう》しくもそんな麻丘に共感した。しかし麻丘は、あの黒い箱に入った同級生の近況を目にし、それを勇気に変えることに成功した。そして病身であることを隠さずに再会を果たし、ささやかな幸せを嚙みしめながら逝った。俺は役目も果たさずのこのこ事務所に戻ってきた箱に、無性に苛立ちを覚えて爆発させてしまった。

誰も彼も、どうしてそんなに強くいられるのか。その強さの秘密を知ろうとすればするほど、彼らの強さが眩《まぶ》しくて、逆に見てられないことを思い知っただけだった。

他人の不幸で安らごうとする人間の屑《くず》。こんな俺には当然の報いだ。

感じること全てが無意味に思えて、億劫になる。

熱心に依頼人と向き合う優斗にも申し訳なさが募る。

死への恐怖を口実に自意識を肥大化させ、良心を失っていく自分がいる。

自分の視界に自分はいない。だから俺の世界に俺はいない。だから俺の死は俺と関係ない──そんなわけない。早く消えたくて長く生きたい矛盾に身体が張り裂ける。

そうだ、本当は共感されてほしいのだ。だが共感されて何になる。

終活屋のくせに、俺は死のことをまるでわかっちゃいなかった。

病気のことを優斗に言い出せない理由は、馬鹿げていた。

自分でもなぜこういう優先順位になるかわからない。

だが俺は──。

優斗の前ではいつでも、お気楽な大酒飲みでいたいのだ。アイスをのせたウイスキーを楽しむあの時間もなくしたくないのだ。

8

各所と調整がついて、花火大会の日がやってきた。

みどり公園は桃沢宅から保谷《ほうや》駅方面に歩いた先にある、グラウンドや自由広場、散策路がある、広々とした公園だった。今回はグラウンドを借りて、そこに人を集められるようにした。グラウンド脇にランボルギーニを停めて、協力者や関係者への挨拶回りをしていく。

恵美やその子どもはもちろん、近所の住人も多く集まっている。俺たちの仲間内で客を集めると柄が悪くなりそうなので、恵美の協力も得て家族連れや学生、高齢の夫婦を重点的に集めることにした。

桃沢から依頼料を受け取っていないので、正直今回は完全赤字だ。だが優斗が望むなら、こういった案件も仕方ない。俺がやりくりで、少しずつ帳尻を合わせていくだけだ。

無意味な値上げは優斗が許さないだろうし、派手好きの俺たちができるコスト削減なんてたかが知れてる。

というわけで売り上げアップには攻めの一手だ。終活屋という仕事柄、依頼を躊躇しているような見込み客は多い。そろそろ名刺の在庫が少なくなってくる頃だ。次回は多めに発注し、後は優斗の寝ぼすけをたしなめてちゃんと出勤させ、営業活動に時間を割くことにする。

まだまだやることはたくさんあるんだな――と考えたところで思考が詰まる。

ホスト時代に限らず、強い思い一つでどうにかなってきたことはたくさんある。

だからといって、気持ちだけで俺の身体が治るなんてもちろん思っていない。でもそう思いたい愚かな俺が憎らしい。

「優斗ちゃんに翔ちゃーん。オッケーな夜にしようぜー」

そこにイベンターの加茂田《かもだ》がやってきた。ドレッドヘアを後ろで縛り、口元には髭《ひげ》をたくわえている。いつ会ってもハーフパンツにサンダルで、腕にはびっしりとタトゥーが入っている。

「おっ、加茂田さん。今日はよろしく」

優斗がにっと笑った。

加茂田はアマルガ時代からイベント開催にいろいろと協力してくれているやつだ。会場や人員、物品の手配から当日の運営まで、見た目はファンキーだが仕事は丁寧で信頼できる。

花火大会は十分なスペースがあれば個人でも開催が可能だ。加茂田は花火業者との繋がりがあるらしく、他にも近隣の町内会や行政、消防署との連携など細かいところまで全て調整してくれた。

加茂田は空を指差した。

「最高の花火師を手配したから任せとけ。お空にキラキラぶっ放すぞー。玉の追加もいくらでも承るからよろしくな。あっ、そうだ翔ちゃん、これお土産ね」

加茂田が紙袋から取り出したのはドンペリだった。しかも金のラベルが貼られている。最高級品のドンペリゴールドだ。

「どうしたんだよ、これ」

「この間のイベントの忘れ物。取りに来るのめんどいからくれるってさ。酔いどれホストの翔ちゃんにやろうってね」

「翔さんにはうれしいプレゼントだね」と、優斗が微笑む。心によぎるものは何もなく、「サンキューな」と純粋に嬉しく受け取った。

「気にするなー。俺のモットーは『生きてるやつはだいたい友達』だから」

「死んじゃったやつは友達じゃないのか?」

そう訊いてみた。もちろん加茂田は俺の事情など知らない。

すると加茂田は、自分の胸に拳を叩き付けていうのだった。

「人は死なねー。みーんな俺のここで生きている」

「だよな」と、俺は笑ってごまかした。当然だが何の気休めにもならなかった。


俺たちに気付いたのか、桃沢健太郎の娘、恵美が寄ってきた。

「今日はありがとうございます。こんな大がかりな……」

周囲を見回して恵美は恐縮しきりのようだった。優斗は「全然だよ」と告げる。

「桃沢さんが見たかったのはもっと大きい花火大会だろうけど。これが限界でした」

「こうして花火を上げてくれるだけで嬉しいです――そういえばお父さんが残したあの日記、息子が面白そうに読んでいました。おじいちゃんのことを知ることができてうれしいみたいです」

桃沢が完成させられなかった日記は、俺たちで完成させた。支障のない範囲で終活屋の仕事について記載してある。

最後のページの花火についてはそのまま残すか、今日これから上がる花火を誰かに描いてもらうか考え中だ。

恵美の話を聞いた優斗は「息子さんが……」と、意外そうに目を丸くしたが、やがて静かに目を細めた。

「人の死や不幸は時に感動を誘うけど、それは他の誰かのものじゃない。本当のドラマっていうのは日常にあるものだから……。だから本当は、オレたちみたいなチャラい終活屋の記録なんてどうでもいいんだよ。よかったら息子さんに伝えておいてくださいい、あれはおじいちゃんだけのものだよって」

言葉に棘《とげ》が出てしまった分、優斗は愛嬌《あいきょう》抜群の微笑みを見せた。でもその笑みのどこかに自嘲的な面があった。まったく意固地なやつだ。

恵美はそんな優斗に、にこりと笑みを返すだけだった。

俺たちは園内にあるポンプ塔に上がった。ここからグラウンドを一望できる。今はまだ照明が点いていて、集まる人の姿が見えた。

グラウンドを見下ろしながら、優斗は悔やむように顔を歪めた。

「何か恵美さんに嫌な言い方しちゃったな――ただの例え話だけどさ」

優斗は顔を上げて宙を見る。

「あっという間に世界中を混乱させるような、感染性抜群のウイルスが発生したとしよう。そしてそのウイルスは、人を死に至らしめることもあるんだ。そうしたらさ、患者のことなんか無視して偉そうに自分語りするやつが出てくるよ。行き交う情報に惑わされない自分を、冷静に状況を分析する自分を、お手軽に嘲笑《あざわら》える対象を見つけた自分をアピールしたいだけのやつが。ウザいなあ――でも、ウザがってる俺が一番卑怯《ひきょう》なのかもな」

どうすれば俺はお前の力になれる？　こんなときでも俺は、優斗の力になることを優先している。

風がざわめきを運んでいた。しばし沈黙が続いた。

突然「あ、ヤバい！」と、優斗が跳び上がる。

「どうした？」

「花火のお供にアイス買ってくるつもりだったのに忘れた！　翔さんの分も買ってくるから待ってて。花火始まっちゃう」

優斗は勢い良く階段を駆け下りて、近くにあったコンビニへと向かった。

騒々しいやつだ。優斗の背中を見送り小さく息を吐いた俺は一人、グラウンドに集まった人を眺める。

百人くらいは集まっているだろうか。いっしょくたにするのが忍びなくて、一人ずつ顔を眺めていく。だがどう考えても一人ずつだなんて無理だった。

あの幼児も、あのカップルも、あの老人も、いつかは死ぬ。そこに空しさを覚えるには、誰も彼もみな楽しそうな時間を過ごしている。

弱り切った俺には、他人の日常が輝いて見える。

その輝きが眩しくて、笑顔であふれるその日常に嫉妬している。

人は普段、死を意識しない。死はいずれ訪れるものだと理解しながら、それは生の妨げとはならず、各々が自分らしく生きている。

そんな自分らしさが互いに嚙み合って、また誰かが自分らしさを築き上げていく。死ぬまでの尊い時間、互いに干渉し合い互いを輝かせる。その意味で、日常とは長期間にわたる終活に他ならない。

また別の話だ。ホストだった頃、何度もいわれた。「チャラいから嫌い」と。自己肯定感に満ち、他人との交流に微塵《みじん》も臆病さを抱かず、人生を謳歌《おうか》しているように見えていたのだろう。だとしたら今俺が他人に嫉妬を抱くのは、他人をチャラく感じているからだ。つまり今の俺からしたら——。

人はみな誰もが、別の誰かにとってチャラい終活屋なのだ。

また風が吹いた。自身のことに集中しすぎていたためか、ざわめきが聞こえない。砂埃《すなぼこり》のにおいが鼻腔《びこう》を刺激する。

互いに手を取り合って、華やかな生を過ごせる幸せ。どれだけの人がそれに気付いているだろう。俺は全く気付いていなかった。もし気付けていたら、今頃どんな俺になっていただろう——。

「何ぼーっとしてんのさ」

後ろから声をかけられた。優斗が戻ってきた。その顔をまじまじと見つめる。

「ん？　どうしたのさ、そんなじろじろと」

「いや、何でもない」

「ならいいけど。買ってきたよ」

優斗がうれしそうにビニール袋を掲げる。

その顔を見て俺は思う——何だよ、終活屋って。

人は誰もが終活屋だ。そこで優斗、お前が終活屋の看板を出す意味なんてあるのか。

こうなってわかった。死そのものが、人生最後の大花火だ。人なら誰もが掲げている終活屋の看板を下げて、自分を過去一番の特別な存在にさせる。世界を自分だけで完結する物語に変えてしまう。自分と自分以外の間にある溝に、かまっている暇はなくなる。

だが誰もが終わる恐怖に打ち勝てるわけではない。恐怖に逆らえず誰をも恨み嫉妬に苦しむ、そんな人間もいる。例えば俺のように——。

そのとき、グラウンドの照明が消えた。人々の声が際立つ中、ひゅーと夜を割《さ》くような鋭い音がして、バンと弾けて花火が上がった。

おーという歓声がグラウンドから上がる。

夜空に広がる大きな花火は、人々の影に色を落としていく。

花火大会が始まった。

「んー、ここで高みの見物を決め込むのも、気取っているみたいで嫌だなあ。車のところから見ようか」

俺たちはポンプ塔を下りた。

9

俺はランボルギーニの脇に立ち、優斗はボンネットに腰を下ろして、次々にあがる花火を見つめ続けている。優斗の顔が花火で色を変えていく。俺の顔もそうなのだろう。

「みんなも喜んでくれてるかなー」

「そりゃそうだろ。あの顔見ろよ」

二人で集まった観客に目をやった。誰もが満面の笑みで花火を見上げている。

「よかった。桃沢さんも見えてるかな――」

小さく優斗はつぶやく。本当なら大声で叫びたいのだが、嘘くさくなるとわかっているのだ。

パッと光って夜空を綺麗に彩り、ほんの一瞬だけ視線を集める。

そしてすぐに散っていく。気が付けば刹那の輝きは終わっている。

「儚いな、命は――」

知らず知らずにつぶやいていた。人の一生と花火を重ね合わせていた。

でも次の花火が上がるまで、空が真っ暗なわずかな時間。

胸を締め付けるせつなさに、なぜか俺たちは優しく癒やされる。

それは人が永遠を求める証拠なのかもしれない。

傲慢さの証明なのかもしれない。

10

桃沢も花火の儚さに惹《ひ》かれたのだろう。

自分がこんなことになって、俺もまた人の命の儚さを思い知った。

だが俺のつぶやきを聞いた優斗は、「儚くないよ」と目を細めた。

「どういうことだ？」

「翔さんも桃沢さんもそういうけどさ、花火って儚い存在かな」

優斗は一歩前に出て、花火を見上げる。

「パッと夜空に光ってすぐに消えて、その儚さに惹かれて人生とか今を感じるとか、花火大会ってそんな辛気《しんき》くさい大会なの？　何で儚さをみんなで見上げるんだよ、そんなのグロテスクだよ。うーん、やだやだ。だからあれは――」

優斗は空の花火に手を伸ばす。

「あれは人の笑顔ってことにしない？　弾けて広がって重なって、そしてどんなに小さくても見逃すことはない。そうだ、それがいい。うん、見つけたよ」

優斗は自分自身も満面の笑みを浮かべていった。

「花火だ――笑顔はまるで花火さ。花火なんだ」

二人で顔を見合わせた。確かに優斗の笑顔は、花火のように明るく満開だ。

しかし「そう簡単にイメージが覆るか？」と、毎度俺は意地悪を仕掛ける。実際、『ジョー・ブラックをよろしく』しかり『ブルーバレンタイン』しかり、花火は何だかもの悲しい印象がある。

優斗はふんと、顎を突き出す。

「簡単じゃないってことは、無理ではないってことだろ――」

そして突然ジャケットからスマホを取り出し、電話をかけ始めた。

「あっ、加茂田さん？」といっている。

花火の音で何を話しているかわからないが、「いいから、いいから」「オレが責任を持つ」「お願い！」と、何かを頼み込んでいるようだ。

だがやがて受話口から、「オッケー優斗ちゃん！」と加茂田の思い切りのいい声がした。優斗は満足げな表情で電話を切ると、俺のほうを振り向いた。

「儚くても笑顔でも、どっちでもいいよ――見てな、翔さん」

上がり続ける花火を二人で眺める。次の瞬間だった。

バン、バン、バンと破裂音の間隔が短くなり、空がひときわ明るく華やぐ。

「おい、これ……」

花火が上がる量が明らかに多くなった。矢継ぎ早に上がる花火は光の点描画を描き、空というキャンバスをごてごてに埋めていく。

「やったぜー」と、優斗はランボルギーニのボンネットに上がり、うれしそうに跳ね回る。

「これなら儚くないだろ！　笑顔爆発だぜ」

どうやら優斗は加茂田に頼んで、花火を上げる量を増やしたらしい。

儚くはないが、明らかにやりすぎだ。開いた口が塞がらない。

まるでマシンガンのように、破裂音は響き続ける。

「馬鹿。お前これ、怒られるんじゃないのか……？」

「それはやばい」と、優斗はひょいとボンネットから飛び降りた。

「翔さん、逃げよう」

「はあ？　どこへだよ」

「どこか遠くだよ。たまにはオレが運転する」

優斗に促《うなが》され、俺は助手席に乗った。

そして派手にエンジン音が鳴り、ランボルギーニは出発した。青いボディが花火で燦《きら》めき、色を変えている。

「ひゃっほー」

優斗は上機嫌で車を走らせる。比較的静かな街だ、すれ違う車や通行人は不思議そうに目を向けてくる。

相変わらず優斗の運転はぎこちないが、ぎこちない生き方の俺たちにはおあつらえ向きだ。振り返ればまだ紫色の空に花火は上がっていて、音も響き渡っている。

「どうすんだよ、逃げて」

「いいじゃん」

車はそのまま大泉《おおいずみ》ICから関越自動車道《かんえつじどうしゃどう》に入り、ますますスピードを上げた。

優斗の横顔を見て気付いた。そういうことか。

――こいつは花火の終わりを見たくないんだな。

依頼人の最期を見届けてこなかったのと同じ心理だ。花火が見えなくなるくらい、聞こえなくなるくらい遠くまで離れれば、俺たちの中で花火はいつまでも上がり続ける。そこには儚さなどなく、笑顔が上がり続けるのだ。

結局逃げてるじゃねーか。でもそれでいい。こいつはまたすぐに戻ってくる。そのときは俺も一緒だ。

悲観して自分の終わりしか見えない俺には、終活屋のくせに終わりを見届けない優斗の臆病さが心地よい。こいつぐらい臆病なほうが俺を理解してくれる気がする。

絶望しきった俺に必要なのは優斗のようなやつだ。

本当、どこまでも純粋でどこまでも馬鹿なやつ――。

「優斗、花火はまだ見えてるし聞こえてるぞ」

「んー。そうだね」と煮え切らない返事が来る。

ふと俺は口元をゆるめていた。自嘲したつもりが、これから俺の全ては悲しみで包まれるのだという感覚と、そこに優しく触れてくれる存在がいるのだという感覚で、誰に何をぶつければいいかわからなくなって――。

「ん？　何笑ってるんだよ翔さん」

アハハ、と俺は大声で笑っていた。久しぶりの感覚だ。

「本当、お前は最高だな」

足下に置いていた、加茂田からもらったドンペリを取り出す。キャップシールを剝《は》がし、勢い良くコルクを抜いた。

そして――久しぶりだな――、思い切り頭から被《かぶ》っていく。

「ちょっと、ここ車だよ？　何で今、一人祝勝会？」

優斗は目を丸くしている。

「いいじゃないか。最高の気分なんだよ」

濡れた髪をかき上げた。ドンペリが風に触れ、ひんやりと熱を奪って気持ちいい。

「優斗、もっと飛ばせ！　花火なんて見えなくなるくらいな」

声の詰まったのがバレなくてよかった。

酒を浴びたのは、急に流れてきた涙を隠すためだったからだ。

先日、須戸内さんにいわれた言葉を思い出す。

悔しくてたまらなかった。須戸内さんがいいたくないのも痛いほどわかった。多くの患者を見てきた須戸内さんだからこそいえる、重みのある言葉だった。

――おい真嶋。死に至る過程にも、死そのものにも、意味なんてないぞ。全部こじつけだらけの綺麗事だ。

そんなことというなよ。それじゃあ優斗のやっていることはどうなるんだよ。

須戸内さんの言葉を完全に否定したい。絶対に無理なことだとしても。

俺はクーラーボックスから棒アイスを取り出すと、優斗の口に突っ込んだ。

「うめー、最高」

戸惑いつつアイスをくわえた優斗は、「上げていくぜー」とアクセルを踏み込んだ。

そんな優斗に思う。

許してくれ、今までの不誠実な俺を。たぶんこれからも不誠実な俺を。

エンジン音が変わり、車線境界線も両サイドを走る車のランプも照明灯も、線となって通り過ぎていく。

今、俺は、明日のことを忘れている。

病《やまい》のことも、終活屋のことも、屑みたいな俺の品性のことも、素晴らしい今に溶けて、つかの間姿を消している。今という概念は、まるでホストクラブだ。

だがどうせすぐに思い出す。それが恐ろしくて、俺は優斗に告げた。

「なあ優斗」

「ん？」

「たぶんマジのハッピーエンドなんて俺たちには来ない」

それを聞いた優斗はアイスを口から取り出し、「せつないなー」とつぶやいた。

「でもそうだよね。やってらんねー」

言葉とは裏腹になぜか楽しそうだ。

来ない理由が、俺とお前では違うんだけどな。それは黙っていた。

水無月優斗。俺の残りの人生の答えを見つけてくれるのはこいつだ。お前の横にいることが俺の終活だ。

濁《にご》った俺の心を、こいつだったらもしかして。

頼む、どうか俺を正しく生かしてくれ。

そのときだった。柔らかくふわふわしたものが足に触れた。

何だ今のは、と目線を下ろした瞬間だった。

「ぬおー！」

思わず大声が出た。「何、何？」と優斗も驚いて、一瞬運転が乱れた。

危うく俺たちを事故らせかけた主は、俺の膝にちょこんと座っていた。

「コスケじゃないか！　ずっとここにいたのか？」

どこに隠れていたのか、突然コスケが現れた。すけこましだから俺のことは無視して、前を向いている。

「あっぶないなー。でもエスペシア勢揃いじゃん。みんなであてもなくドライブか。いい夜だね」

優斗は嬉しそうに微笑んだ。それを見てびしょ濡れの俺も笑う。コスケは目を細めて、涼しげに風を浴びている。

このあてもないドライブに意味はない。

ハッピーエンドとは程遠い、臆病な二人の無様《ぶざま》な逃げ様でしかない。

でもみっともなく逃げて、派手に騒いで、そのくせどこかで引き返す。

今、俺たちはチャラい。

周囲の乗用車のドライバーが、俺たちを軽蔑するように一瞥している。

——俺たちエスペシアは生きているお前らの風刺画だ。見てみろ、くそ真面目な代表の水無月優斗が、精一杯チャラく振る舞っているぞ。文句はいわせねーから。

後ろ指をさされる生き方の分、俺たちのほうが世の中に向かって指を差す。

ドンペリの空き瓶を掲げて、俺は思いきり叫ぶ。

「お前に死ぬまでついていくぜ。終活屋エスペシア、これからもよろしくー」

「どうしたのあらたまって。でもうれしいよ。よろしくー」と、優斗が続く。

——いつかお前も俺の死を知る。そのときは、俺に同情したり、あわよくば生きる勇気なんか受け取ったりするなよ。
心のギアがさらに上がっていく。
「優斗、まだまだスピード上げてけ!」
「オッケー翔さん。スピードいただきました!」
気持ちが通じ合ったのか、コスケも「にゃー」と小さく鳴いた。
エンジン音が変わる。左右の景色がよりいっそう速く過ぎていく。
髪をかき上げるふりをして涙をぬぐった。
泣き言が溢れて出てこないように、「行けー」と大声で叫んだ。
青い車はどこまでも走る。
暗い夜に青い線をひいて駆けていく。
世界の全てを振り切るように。
世界の全てに想像の余地を残すように。
それぐらい、遠くまで。

※本書は書き下ろしです。
この物語はフィクションです。実在するいかなる個人、団体、場所等とも一切関係ありません。

装画 たえ

装幀 nimayuma Inc.

柾木政宗（まさき・まさむね）

1981年、埼玉県川越市生まれ。ワセダミステリクラブ出身。2017年『NO推理、NO探偵？』で「メフィスト」座談会を侃々諤々たる議論の渦に叩き込み、第53回メフィスト賞を受賞しデビューを果たす。著書に『朝比奈うさぎの謎解き錬愛術』『ネタバレ厳禁症候群～So signs can't be missed !～』『困ったときは再起動しましょう 社内ヘルプデスク・蜜石莉名の事件チケット』『まだ出会っていないあなたへ』がある。

歌舞伎町《かぶきちょう》の終活屋《しゅうかつや》
伝説《でんせつ》のホストが人生《じんせい》をお見送《みおく》り

二〇二四年四月十五日 第一刷発行

著者 柾木政宗《まさきまさむね》
発行者 森田浩章
発行所 株式会社 講談社
東京都文京区音羽二-一二-二一
郵便番号 一一二-八〇〇一
電話 編集 〇三-五三九五-三五〇六
販売 〇三-五三九五-五八一七
業務 〇三-五三九五-三六一五

本文データ制作 講談社デジタル製作
印刷所 株式会社 KPSプロダクツ
製本所 株式会社国宝社

ISBN 978-4-06-535199-4 N.D.C.913 255p 19cm

KODANSHA